LES PETITS VÉTÉRINAIRES

ABANDONNÉS

L'auteur

Laurie Halse Anderson est un auteur américain qui a publié plus d'une trentaine de romans pour la jeunesse et remporté de nombreux prix, dont le Edwards Award et le National Book Award.

Vous avez aimé les livres de la série

LES PETITS VÉTÉRINAIRES

Écrivez-nous
pour nous faire partager votre enthousiasme :
Pocket Jeunesse, 12 avenue d'Italie, 75013 Paris

Laurie Halse Anderson

LES PETITS VÉTÉRINAIRES

ABANDONNÉS

*Traduit de l'anglais (États-Unis)
par Sophie Dieuaide*

POCKET JEUNESSE
PKJ·

Titre original :

Vet Volunteers
16. Treading Water

Publié pour la première fois aux États-Unis en 2014
par Penguin Young Readers Group.

Loi n° 49-956 du 16 juillet 1949 sur les publications
destinées à la jeunesse : août 2014.

Text copyright © Laurie Halse Anderson, 2014.
© 2014, éditions Pocket Jeunesse, département d'Univers Poche.

ISBN 978-2-266-23460-3

Chapitre 1

— **W**aouuuh !

Ma photo déclenche l'enthousiasme : ce bébé renard a une adorable frimousse ! Je m'éloigne de l'écran et me retourne vers le public : le club Nature du lycée d'Ambler. Ils sont une vingtaine, beaucoup plus âgés que moi.

Je ne m'attendais pas à être si nerveuse car je connais bien le lycée. Il est juste à côté de mon collège et mon grand frère Clément était inscrit ici. Mais aujourd'hui, tout me semble différent.

La semaine dernière, j'ai présenté la même projection devant le club Environnement du collège. J'ai eu l'impression de parler à des CP ! Dès que le surveillant quittait la salle, ce qui arrivait souvent, des garçons prenaient un globe terrestre pour un ballon de basket et se faisaient des passes. Certaines filles trouvaient ça hyper drôle et les encourageaient. Les autres élèves bavardaient. Même mon ami David rigolait avec son voisin. Personne ne m'a vraiment écoutée.

Alors, quand on m'a proposé de refaire ma présentation devant des lycéens, j'ai sauté sur l'occasion. Maintenant, je panique un peu. Je me dis qu'ils n'auraient pas dû m'inviter, que mes photos ne sont pas assez bonnes… Je prends une grande inspiration. Courage, Isabelle! Ils devraient aimer la photo suivante…

Gros plan sur le museau roux du bébé renard sur fond flouté d'herbes vertes.

J'entends encore quelques «waouh» au fond de la salle. Super! Ils aiment celle-là… ils vont adorer la suite.

C'est un tonnerre d'applaudissements pour ma photo préférée! Avant, j'utilisais mon téléphone, mais, un jour, mon père a trouvé que «j'avais l'œil». Alors il m'a offert un bel appareil. J'ai économisé et je me suis acheté plusieurs objectifs pour que mes photos soient encore meilleures. Depuis, je fais tout pour progresser.

Sur l'écran, trois renardeaux se roulent dans l'herbe. Dans les rayons du soleil, leur fourrure cuivrée tourne à l'orange vif. Ma photo prise sur le vif a tellement de succès que je me sens rougir. J'entends les commentaires fuser :

— Isabelle, combien de temps es-tu restée immobile pour réussir cette photo ? me demande un garçon. Tu savais que les renards viendraient jouer à cet endroit-là ?

— Tu as eu un coup de chance ou ils sont habitués à te voir ?

Je réfléchis quelques instants.

— En fait, il faut de la chance ET de la patience… Beaucoup de patience. Je me retrouve parfois dans des positions assez inconfortables : au bord d'une falaise ou perchée sur la branche d'un arbre, par exemple. Je guette la bonne luminosité et, surtout, j'attends l'arrivée des animaux.

Je bois une gorgée d'eau avant de reprendre mes explications.

— Pour ce cliché-là, je voulais photographier les renardeaux, mais pas leur mère. Ça l'aurait stressée de me voir. Je vous en ai parlé, elle se remet lentement d'une fracture à la patte. Alors, je me suis assise derrière le grillage de leur enclos…

Je leur montre quelques photos du centre de réhabilitation pour animaux sauvages dont s'occupe ma famille. Je m'arrête sur celle où on aperçoit une cabane en bois entourée d'un haut grillage.

— Voilà… J'étais derrière cette cabane, la renarde ne pouvait pas m'apercevoir. J'ai guetté plusieurs après-midi pour savoir à quel moment les petits sortaient jouer. J'ai attendu jusqu'à avoir une lumière idéale et j'ai dégagé un espace dans le grillage pour y glisser mon objectif. Je ne voulais pas d'un affreux bout de fil de fer sur l'image ! Enfin, j'étais prête pour photographier les renardeaux avec un angle fantastique ! Alors, pour vous répondre… oui, j'ai eu de la chance qu'ils déboulent à ce moment-là, mais je l'ai provoquée.

Plusieurs lycéens hochent la tête et un garçon au fond lève le pouce. Qu'est-ce que je suis contente ! Super archi contente ! Ça se passe encore mieux que je ne l'espérais. Quand le club Nature du lycée d'Ambler m'a invitée à présenter l'opération « Rivière propre » qu'on organise avec les bénévoles de la clinique vétérinaire, j'étais un peu inquiète. Pour me rassurer, mon amie Sophie, la petite-fille de la vétérinaire, a proposé de m'accompagner. On a monté le diaporama et préparé une sorte d'exposé. Le docteur Macore nous a aussi prêté du matériel de la clinique pour qu'on puisse montrer les bandages, les attelles, et les colliers spéciaux en forme de cônes qu'elle utilise pour les animaux blessés. C'est Sophie qui devait les présenter, mais, au dernier moment, elle m'a annoncé qu'elle devait rester au collège après les cours pour refaire un contrôle important.

— Ma prof me donne une seconde chance, m'a-t-elle dit. Je ne peux pas la laisser passer !

Je ne pouvais rien dire, mais je n'avais plus le temps de demander de l'aide à Clara, David, Samuel ou Julie. Et Zoé, comme d'habitude, avait un plan shopping…

Voilà comment je me suis retrouvée toute seule devant les lycéens !

Mais la boule dans mon ventre disparaît peu à peu. Une fille avec une chemise aux couleurs vives et une longue jupe lève la main pour me poser une question :

— Est-ce que tu peux jouer avec ces petits renards quand tu veux ?

— Oh, non ! Au centre, on n'a absolument pas le droit de jouer avec les animaux !

Elle a l'air surprise.

— On ne doit même pas les toucher ! Même la renarde, qui a besoin de soins médicaux, est manipulée le moins possible. Pour s'assurer qu'elle guérit et que sa plaie ne s'infecte pas, on se contente de l'observer. On ne l'ausculte que si on est obligés de le faire.

— Vous avez peur qu'elle ne vous morde ? ajoute la fille en jupe.

— Non, mais on ne veut pas qu'elle s'habitue aux hommes. Et c'est encore plus important pour ses petits. Si on les apprivoise, ils seront en danger quand ils retourneront dans la nature.

— Pourquoi? demande une autre fille.

— Parce qu'ils s'approcheront des hommes! Avec le risque de se faire écraser par les voitures, ou tirer dessus par ceux qui les croient enragés. Ils doivent rester sauvages, même quand on les soigne. On laisse les renardeaux dans l'enclos avec leur mère et on évite qu'ils nous voient quand on leur apporte à manger. Ils ne doivent pas associer homme et nourriture.

— Je n'avais jamais pensé à ça, dit la fille en longue jupe.

Je jette un coup d'œil à l'horloge : il ne me reste que quelques minutes.

— Cet été, nous organiserons une autre opération «Rivière propre», dis-je très vite. Certains d'entre vous aimeraient peut-être y participer? J'ai apporté les documents préparés par le club Environnement du collège. Vous retrouverez tous ces renseignements sur notre blog.

Nicolas, le lycéen président du club Nature, vient alors me rejoindre devant le public.

— On peut s'associer à cette action, lance-t-il. C'est tout à fait dans l'esprit de notre club.

Puis il prend ma pile de documents et commence à les distribuer.

— Désolé, mais je ne pourrai pas être là, dit un lycéen. Cet été, je pars en stage à Philadelphie.

— Moi non plus. Je fais un échange avec un étudiant danois, ajoute une fille au premier rang.

— Moi non plus. Je travaillerai à plein temps dans un bar, explique un autre garçon.

— Hé ! Tu n'y seras pas vingt-quatre heures sur vingt-quatre ! rétorque une fille blonde à côté de lui.

Il se tourne alors vers moi.

— Combien de temps dure votre opération «Rivière propre»? C'est un week-end ou plusieurs jours dans la semaine?

— Si on est assez nombreux, dis-je, une demi-journée peut suffire. Les deux dernières années, nous avons terminé en un seul samedi.

Le garçon hoche la tête et sourit à sa voisine. Elle lui envoie aussitôt un petit baiser. Ils flirtent devant tout le monde et c'est moi qui rougis !

Stages, voyages à l'étranger, vrai job d'été et plein de copains… ça a l'air tellement cool, le lycée ! Je suis impatiente d'y être.

— C'est d'accord ! On te donnera un coup de main, Isabelle ! me rassure Nicolas. Et on te remercie sincèrement d'être venue rencontrer notre club Nature.

Tous les lycéens m'applaudissent et, moi, je pourrais faire la roue, je suis si contente! Certains viennent me saluer avant de partir et s'inscrivent sur la liste de ceux qui s'engagent à nous aider pour l'opération «Rivière propre». Les amoureux aussi.

— Tu as réparé le trou dans la clôture? me demande le garçon.

— Quel trou?

— Le trou pour passer l'objectif de ton appareil!

— Oh, oui! Et vite avant que mon père ne le remarque, dis-je en éteignant mon ordinateur. Depuis que je fais de la photo, il y a beaucoup de grillages rafistolés dans notre centre de réhabilitation...

— Tu devrais montrer ton diaporama au club Photo, me conseille Nicolas. La semaine prochaine, ils se réunissent exceptionnellement tous les après-midi.

— Vous avez aussi un club photo? C'est vraiment génial d'être au lycée!

— Je connais très bien la présidente de ce club, me dit la jeune fille blonde. Elle s'appelle Najla. Elle est toujours à la recherche de nouvelles présentations de photos. Donne-moi ton téléphone, Isabelle, elle te contactera.

Elle entre mon numéro dans son portable et part rejoindre son petit ami qui l'attend devant la porte.

— À bientôt ! lance-t-elle.

Avant de quitter le lycée, je décide de faire un tour au nouvel auditorium, super impressionnant avec sa grande scène et ses innombrables sièges. Et, aussi, un petit tour à la cafétéria…

Je passe à regret les grandes portes et prends une bouffée d'air frais. Il ne fait pas chaud pour le printemps. Sur le parking, je ne vois pas la voiture de mon frère qui devait venir me chercher. Pourtant, on la remarque, sa vieille guimbarde ! Quoique, ici, tous les jeunes semblent conduire de vieilles brouettes. Clément est peut-être en retard ? Si je n'avais pas mon ordi et le carton de matériel de la clinique à porter, je rentrerais à pied. C'est vraiment trop lourd, je préfère tout déposer sur le trottoir et attendre.

Au loin, un groupe de lycéens se penchent pour observer quelque chose entre les voitures en stationnement. Ma curiosité l'emporte : je ramasse mes affaires et me dépêche de les rejoindre. Qu'est-ce que ça peut être ? Soudain, je découvre trois minuscules canetons jaune vif qui se dandinent ! En les regardant de plus près, je me rends compte que les deux premiers pépient, mais que le troisième ne fait aucun bruit. Il est à la traîne. Je ne suis pas une spécialiste des canards, mais ils n'ont pas l'air en bonne santé.

— Qu'est-ce que tu en penses, Isabelle ? me demande Nicolas que je reconnais au milieu du groupe.

— Ça m'étonne qu'ils soient arrivés jusque-là. C'est bizarre, il n'y a pas une étendue d'eau à des kilomètres !

Une fille s'approche du caneton qui mène la troupe.

— Ils étaient déjà là quand je me suis garée, explique-t-elle. J'ai eu peur de leur rouler dessus ! Il faut les empêcher de se faire écraser.

Du bout du pied, elle bloque le passage au premier caneton. Dès qu'il s'arrête, les deux autres pilent.

Nicolas s'accroupit, mais le caneton, surpris, recule à toute vitesse.

— Oups ! Excuse-moi, mon vieux ! Je ne voulais pas t'effrayer, dit Nicolas.

Il se relève aussitôt.

— Vous pensez que leur mère est ici ? demande-t-il.

Nous nous séparons pour jeter un coup d'œil sous toutes les voitures. Certains vont même fouiller le parking du collège qui jouxte celui du lycée. Mais on ne trouve aucune trace de leur mère.

— Je crois qu'ils ont été abandonnés, dis-je.

C'est à ce moment qu'arrive mon grand frère, Clément. Avant de l'avoir vu, je sais que c'est lui. Je reconnais à des kilomètres le bruit infernal de sa voiture.

— Qu'est-ce qui se passe ? demande-t-il par la vitre baissée.

— Des petits canetons abandonnés…

J'ouvre une portière pour déposer mon ordi et je vide sur la banquette arrière le contenu du carton de la clinique vétérinaire.

— Attrape les canards, dis-je à Nicolas. Et mets-les là-dedans ! Je vais les amener à la clinique. Le docteur Macore les auscultera.

Un… deux… trois canetons atterrissent dans le carton, que je pose sur le siège passager avant d'attacher la ceinture de sécurité.

— Donne-moi des nouvelles, Isabelle, me dit Nicolas alors qu'on démarre dans un bruit assour-dissant.

Et il ajoute pour mon frère :

— Faudrait que tu penses à changer ton pot d'échappement, non ? C'est une catastrophe pour l'environnement !

Clément hoche la tête et nous roulons vers la clinique. Dans le carton, trois petites boules jaune vif clignent des yeux à toute vitesse, mais pépient très faiblement.

Chapitre 2

. . . .

En salle de consultation, Doc'Mac examine immédiatement les canetons. Elle claque souvent de la langue pour les rassurer. Un à un, elle les observe et les retourne avec délicatesse. Elle les place ensuite dans un plateau en métal car elle veut les voir marcher. Pour éviter qu'ils ne glissent, elle m'a demandé de déposer une serviette au fond du plateau.

Mais ils ne bougent pas d'un millimètre.

— Heureusement que tu les as amenés, Isabelle ! s'écrie Doc'Mac. Ils sont si faibles ! Celui-là me préoccupe particulièrement. On va commencer par leur donner de l'eau.

Dans un petit récipient, elle mélange de l'eau froide et du sucre. Les deux premiers canetons

y plongent le bec et, «sluuuurp!», boivent goulû-
ment, mais celui qui nous inquiète reste immobile.
Doc'Mac note sa réaction sur sa fiche.

— Allez, petit... Tu peux le faire!

Il cligne plusieurs fois des yeux et se décide enfin
à boire.

— Bravo!

— Bonjour, Grand-mère! dit Zoé en entrant
dans la salle sans frapper. Salut, Isabelle! Alors?
Un nouveau patient?

Elle s'arrête soudain.

— Oooooh, des canetons! Comme ils sont
mignons! s'écrie-t-elle.

— Mignons et malades, dis-je.

— Peut-être pas, rectifie Doc'Mac. Il est possible qu'ils soient seulement déshydratés. Prépare
un autre bol, Isabelle.

Je verse de l'eau et y ajoute du sucre tout en
expliquant à Zoé qu'ils ont été trouvés sur le parking du lycée.

— Je pense qu'ils ont été abandonnés car on n'a
pas retrouvé leur mère.

— Pourquoi tu ne leur sers pas à boire dans un
bol pour chats? demande Zoé en effleurant l'adorable patte palmée d'un des canetons. Il est minuscule, ton récipient! Tu vas devoir le remplir tout le
temps.

— Parce que ce serait dangereux pour ces cane-tons, lui répond Doc'Mac. S'il y a trop d'eau, ils pourraient tenter de flotter.

— Et alors ? s'étonne Zoé. Ce sont des canards ! Ils raffolent de la baignade !

— Non, dis-je. Ils risqueraient de se noyer, ils n'ont pas encore de plumes hydrofuges. Regarde leur duvet… Il se gorgerait d'eau et ils couleraient sans pouvoir sortir du bol.

— Ça alors ! J'aurais parié avoir déjà vu nager des canetons ! s'exclame Zoé. Ça devait être dans un dessin animé.

Elle reste pensive quelques instants, à la recherche du titre. Zoé s'y connaît en cinéma. Et ça s'explique car sa mère est actrice. Zoé l'a sou-vent accompagnée sur les plateaux à New York ou à Hollywood. Depuis quelques mois, sa mère tourne un film au Canada, alors Zoé est revenue vivre avec sa grand-mère et sa cousine Sophie. Elles habitent ensemble dans la maison attenante à la clinique.

Je suis très contente qu'elle soit là. Elle a beau passer son temps à parler de la mode ou des gar-çons, sa bonne humeur est communicative.

Les canetons ne boivent pas autant dans le deuxième récipient.

— Je ne suis pas experte en canetons, dit Doc'Mac, il faut que j'effectue quelques recherches. Sans leur mère, ils ne se sentent pas en sécurité. Isabelle, tu vas devoir la remplacer !

Doc'Mac sourit et j'accepte aussitôt. Je suis toujours heureuse de l'aider.

— Ta famille a déjà soigné des canards ? me demande Doc'Mac.

— Oui, mais seulement des adultes. Je n'ai aucune expérience avec les canetons.

— J'aimerais tout de même que tu demandes des conseils à tes parents ce soir, insiste Doc'Mac.

Au moment où j'ouvre la porte, je tombe nez à nez avec Sophie et Nicolas qui apportent un deuxième carton.

— Oooh, super mignon, commente Zoé derrière moi.

Elle parle de Nicolas, bien sûr.

— Salut, Isabelle, dit-il. Je suis venu parce qu'on a trouvé un quatrième caneton sous une voiture ! Du coup, on a revérifié partout. Je crois qu'il n'y en a pas d'autres, et toujours aucun signe de la mère.

En moins de trois secondes, Zoé réussit à se glisser entre Sophie et Nicolas. Sophie ne peut s'empêcher d'esquisser un sourire, c'était à prévoir avec sa chère cousine !

Doc'Mac sort avec précaution le caneton du carton et soupire. Regroupés autour de la table d'examen, on la regarde l'ausculter.

Il est replié sur lui-même. Même si les autres canetons sont faibles, aucun n'a aussi mauvaise mine ! Doc'Mac entrouvre son bec et observe sa gorge.

— Oh, nooon…, lâche-t-elle.

Elle ouvre un tiroir et prend une paire de pinces très fines. D'une main, elle maintient le bec du caneton ouvert ; de l'autre, elle insère la pince. Il ne bouge pas, on voit seulement battre sa poitrine. Délicatement, Doc'Mac extrait de sa gorge quelque chose de brillant et de filandreux.

— Qu'est-ce que c'est ? s'écrie Sophie.

— Un filament de plastique, répond Doc'Mac. À tous les coups, ces canetons étaient dans un faux nid de Pâques.

Je sens mon estomac se nouer.

— Je ne comprends pas, dit Nicolas.

Alors je soupire et lui explique :

— Pour Pâques, certains parents ne se contentent pas d'offrir du chocolat à leurs enfants. Ils leur donnent des petits lapins, des poussins et des canetons ! Pâques, c'était la semaine dernière. Depuis, on nous dépose devant la porte du centre des lapins et des poussins. Je n'y ai pas pensé en voyant les canetons sur le parking.

Zoé écarquille les yeux.

— Attends une seconde, Isabelle... Tu veux dire qu'il y a des parents qui s'amusent à offrir des petits animaux à leurs enfants et qui les abandonnent quelques jours plus tard ?

— Oui, quand ils n'en veulent plus parce que ça leur donne trop de travail. Chaque année, on héberge des animaux dont les gens se débarrassent. Et chaque année, mes parents font tout ce qu'ils peuvent pour les sauver.

On reste tous silencieux, même Zoé.

— Je dois partir, dit Nicolas. Tu as fait une super présentation aujourd'hui, Isabelle. J'espère que je te reverrai bientôt au lycée. Je vais contacter le club Photo pour toi.

— Je te remercie, et j'ai quelque chose à te demander. J'aimerais bien... m'inscrire au club Nature. Tu crois que ce serait possible ?

— Je ne sais pas, c'est réservé aux lycéens. Il va peut-être te falloir un peu de patience, me répond-il en souriant.

Mais pourquoi n'ai-je pas une baguette magique pour avoir immédiatement quatre ans de plus ?

— Je te raccompagne, Nicolas ? s'exclame Zoé, les yeux pétillants et les joues roses.

— Non, merci, je retrouverai la sortie. À bientôt !

Dès que Nicolas a disparu dans le couloir, Zoé pousse un cri :

— Oooooh, il est trop mignon !

— C'est le président du club Nature, dis-je. Je leur ai présenté mes photos aujourd'hui.

— Ah ! Et comme par hasard, tu veux t'y inscrire ? pouffe Zoé. Je comprends pourquoi…

Elle se tourne aussitôt vers sa cousine.

— Tu n'étais pas censée y aller, Sophie ?

— Si, mais je n'ai pas pu. J'avais un contrôle à rattraper. Alors, Isabelle ? Comme ça s'est passé ?

— Super bien ! Ils ont adoré mes photos ! Si vous saviez comme le lycée est génial !

— Les filles…, nous interrompt Doc'Mac, je vous rappelle que nous sommes en salle de consultation. Vous permettez qu'on s'occupe un peu de nos patients ?

Je suis affreusement gênée. Je reconnais que, pendant quelques minutes, j'ai oublié où j'étais. Toutes les trois, on se précipite pour aider Doc'Mac à installer une serviette sur un autre plateau. Elle remplit ensuite une seringue sans aiguille avec de l'eau sucrée et fait boire le quatrième caneton en le berçant doucement. Tous les bénévoles de la clinique vétérinaire savent réhydrater un animal. Doc'Mac nous l'a appris. Mais habituellement, on traite plutôt des chatons. Le petit caneton a du mal à avaler, cela prend beaucoup de temps.

— Tu veux que je te remplace, Grand-mère ? propose Sophie.

— Oui, merci, dit Doc'Mac en déposant dans le creux de sa main la petite boule de duvet jaune.

Sophie est géniale avec les animaux ! Parfois, j'ai l'impression qu'elle a déjà fait l'école vétérinaire.

Pendant que Sophie s'occupe du caneton, Doc'Mac nous conduit en salle de convalescence. Dans plusieurs cages, on garde une nuit, parfois davantage, les animaux qui ont été opérés ou qui ont besoin d'être surveillés.

Au fond de la pièce, Doc'Mac branche une lampe chauffante.

— Nous installerons les canetons ici, dit-elle. Isabelle, j'espère que tes parents pourront les prendre au centre de réhabilitation dès qu'ils iront mieux.

— Je suis sûre que ça sera possible ! Il y a de la place en ce moment. Nous avons quelques poussins, beaucoup de lapins, un hibou, un raton laveur, peut-être encore une tortue, et une famille de renards. Dernièrement, nous avions des cerfs et même un aigle.

Dans une grande cage près de la porte, un berger allemand se repose. Il s'appelle Baron et porte un cône de plastique autour du cou qui l'empêche d'arracher son bandage à la patte. En face, deux chats somnolent. À la clinique vétérinaire, il y a peu de patients en ce moment, ce qui est rare. Parfois, Doc'Mac a tant d'animaux à soigner que nous devons improviser des cages !

Pendant que nous testons la chaleur dégagée par la lampe, Doc'Mac observe le chien et les chats. Quand elle ne chuchote pas des mots encourageants à ses patients, c'est à nous qu'elle parle. Elle veut absolument nous transmettre tout ce qu'elle sait. Elle nous appelle « les petits vétérinaires » et elle nous explique avec patience les examens, le diagnostic et les traitements. Elle nous demande de participer le plus possible aux soins et à l'entretien de la clinique. Parfois, j'ai l'impression qu'on passe plus de temps à nettoyer et à désinfecter qu'à s'occuper des animaux, mais je sais que c'est très important. Au centre de réhabilitation de mes parents aussi, tout doit être très propre. Les germes et les bactéries empêcheraient la guérison des animaux. Ils pourraient même les rendre malades, ou pire.

Alors, je nettoie et, pourtant, ce n'est vraiment pas ce que je préfère.

Zoé et moi, on lave le carrelage de la salle de convalescence. Doc'Mac désinfecte les tables puis vérifie les stocks de médicaments dans les armoires. Sophie rapporte d'abord un caneton et retourne chercher les trois autres.

— Grand-mère, tu veux qu'on les mette ensemble dans la boîte sous la lampe? demande Zoé. Le tout petit irait peut-être mieux s'il était avec des copains?

— Non, répond Doc'Mac. Je préfère attendre que son état de santé s'améliore.

— Mais tu lui as enlevé le fil en plastique du nid de Pâques? insiste Zoé.

— Je sais, mais cela pourrait être plus grave. Le fil a pu faire des dégâts et il en a peut-être absorbé d'autres. Mieux vaut le laisser à l'écart. Je viendrai le voir cette nuit. S'il va mieux demain, on les regroupera. Allez, les filles... Sortons et laissons-les se reposer.

Dans la salle d'attente, je fais un peu de rangement avec Sophie et Zoé. Enfin, plus exactement avec Sophie, parce que sa cousine feuillette un magazine.

— Regardez! s'écrie-t-elle soudain en brandissant sous notre nez une page où pose une actrice. C'est dingue, ça! Séléna portait la même robe la semaine dernière à la remise des oscars!

Sans attendre de réponse, elle continue de donner son avis sur les tenues de toutes les stars du magazine.

C'est l'heure de fermeture de la clinique. Ma mère vient me chercher. Elle échange quelques mots avec Doc'Mac, Sophie et Zoé pendant que j'éteins les lumières. Je reviendrai dès demain matin. Chaque samedi, Doc'Mac réunit les petits vétérinaires pour établir le programme de la semaine suivante.

— À bientôt! me crie Sophie sur le pas de la porte. On reparlera du club Photo. Et ce coup-là, j'irai avec toi, promis!

Je salue les cousines. J'aimerais bien que Sophie m'accompagne au lycée, mais, Zoé, j'aime autant éviter. Elle risquerait de perdre la tête avec tous ces garçons… et de leur faire perdre la tête.

Je me demande si on m'acceptera au club Photo…

Chapitre 3

Clara verrouille la porte de la clinique. Les premiers patients n'arriveront que dans une heure et demie. Clara est la plus sérieuse et la mieux organisée de tous les bénévoles. Elle arrive la première à nos réunions et elle prend toujours des notes, même quand Doc'Mac dit que ce n'est pas nécessaire.

— Ça m'aide à me concentrer, répond toujours Clara.

Moi, je suis contente de pouvoir les relire. Parfois, au lieu d'écouter, je fais autre chose… Des photos, par exemple. De nous ou de nos patients.

Je ne me déplace jamais sans mon appareil. Je vois tellement mieux à travers mon objectif. J'observe, je remarque les détails.

Il faut quand même que j'écoute plus attentivement Doc'Mac et le docteur Gabriel, son associé. Lui s'occupe surtout des fermes et des centres hippiques. Il intervient chez mes parents, au centre de réhabilitation pour animaux sauvages. Il soigne aussi bien un agneau nouveau-né, un cheval, une vache ou une chèvre qu'un aigle comme celui que nous avons gardé des semaines dans notre grange. Malheureusement, le docteur Gabriel n'a pas toujours le temps d'assister à nos réunions.

Ce matin, seules Clara et moi sommes là.

— Doc'Mac m'a mise au courant pour tes canetons, dit-elle.

J'aime bien qu'elle les appelle «mes» canetons!

— Tu comptes en garder un? me demande-t-elle. Ça pourrait rendre ton Edgar Poe jaloux!

Edgar Poe, c'est mon corbeau apprivoisé. Nous l'avons soigné au centre après qu'un chasseur lui a tiré dessus, mais il ne pourra plus jamais voler. Il n'aurait pas survécu dans la nature, alors je l'ai gardé. Je l'emmène avec moi dès que c'est possible, il monte même sur mon vélo. Je n'ai jamais rencontré personne d'autre avec un corbeau de compagnie.

— C'est vrai que j'adorerais garder les canetons, dis-je à Clara, mais dès qu'ils iront mieux, on les libérera. Il faudra qu'on leur trouve un endroit sûr et agréable. Ça sera difficile de s'en séparer, ils sont tellement mignons. Chaque fois qu'on relâche des animaux, je vois mes parents fous de joie et, moi, je ne peux pas m'empêcher d'être un peu triste.

Clara hoche la tête. De tous mes amis, c'est elle qui me comprend le mieux.

— Au moins, tu as tes photos en souvenir.

— Tu as raison ! Je suis sûre d'en faire des formidables avec les canetons ! Et je vais en prendre aussi d'Edgar Poe pour ma présentation au lycée. Tu crois que je pourrais l'emmener là-bas ? Il faut peut-être une autorisation spéciale pour faire entrer un corbeau !

Clara me précède en salle de convalescence.

— Il vaut mieux demander, dit-elle, mais je suis certaine que tout le lycée va l'adorer !

Dès qu'on entre, j'entends les canetons. Ils font beaucoup de bruit sous la lampe. Ils boivent et se déplacent beaucoup plus vite qu'hier. Dans le fond de la boîte, des copeaux de bois ont remplacé la serviette.

— On a mis les copeaux ce matin avec Doc'Mac, m'explique Clara. Ce n'était plus possible, on en était à la septième serviette sale ! Tu savais que les canards crottent tous les quarts d'heure ?

— Oui, j'ai posé plein de questions à ma mère. Elle m'a dit qu'ils étaient très salissants. Ils en ont eu au centre, il y a longtemps. J'ai noté ses conseils et je vous les lirai pendant la réunion.

Dans l'autre boîte, le caneton tout seul n'a pas l'air d'aller mieux. Il semble même plus mal-en-point que la veille.

— À lui, vous n'avez pas mis de copeaux ?

— Non, sa serviette est presque sèche, répond Clara. Pas d'urine, pas d'excréments. Doc'Mac est très inquiète. Ça prouve qu'il ne s'alimente pas convenablement.

Quelqu'un frappe à la porte en verre de la clinique. J'espère qu'il ne s'agit pas d'une urgence pour Doc'Mac. On se dépêche de regagner la salle d'attente et j'ouvre à David qui chahute avec Samuel. Julie, la sœur jumelle de Samuel, arrive juste après eux, les yeux au ciel. Quand ils sont ensemble, les garçons peuvent être très amusants, mais aussi très lourds. Surtout David qui ne prend jamais rien au sérieux.

Clara verrouille la porte. Le docteur Gabriel a sa clé et le reste de l'équipe viendra par le couloir qui relie la maison à la clinique.

Je sors mon appareil photo en attendant le début de la réunion. David et Samuel posent volontiers, mais quand je tourne mon appareil vers les filles, Clara se plie en deux et Julie sourit d'un air complètement idiot. Ça ne va pas être la photo du siècle.

Tout à coup, on entend arriver les chiens.
Sherlock d'abord, le vieux basset de Sophie, suivi
de Basket, celui de sa cousine.

Je reconnais la voix de Zoé dans le couloir :

— Comment peux-tu savoir que tu n'aimes pas
le yaourt liquide au persil si tu refuses d'y goûter ?

— Je n'y peux rien, lui répond Sophie. Je suis
incapable de boire ce truc vert !

Elle agite son verre et s'assied dans la salle d'attente. Zoé se précipite à côté d'elle pour insister :

— Goûte ! Dedans, j'ai aussi mis des poires.
Tu aimes ça, les poires ?

— Oui, mais je préfère les crêpes au Nutella.

Le ton sec de Sophie met fin à la discussion.

— Bonjour, tout le monde ! nous salue Doc'Mac.

Même si Zoé et Sophie sont ses petites-filles, elle
n'a pas l'air d'une grand-mère. Vraiment pas. Je l'ai
vue porter des animaux très lourds, escalader des
clôtures et courir à toute vitesse pour une urgence.
Elle est super ! J'espère que je serai comme elle à
son âge.

Bientôt, on voit entrer le docteur Gabriel, une
pile de dossiers dans les mains.

— Vous avez besoin d'aide, docteur Gabriel ? lui
demande Zoé en se levant d'un bond.

— Non, je te remercie, Zoé. Bonjour à tous !

Puis il s'adresse à Doc'Mac.

— J'aurai quelques cas de patients à voir avec toi, lui dit-il.

— Je m'occupe de nos petits vétérinaires, répond Doc'Mac, et je te rejoins. J'en ai pour une dizaine de minutes.

Le docteur Gabriel sourit à Zoé et s'éloigne. Elle a l'air enchantée. Elle est persuadée d'être sa préférée, mais elle a tort. Il est très gentil avec tout le monde : les enfants, les adultes, nous et, bien sûr, les animaux. Il est compréhensif et patient. Je ne suis pas certaine que je serai un si bon vétérinaire. Je m'énerve trop vite. Mes parents essaient de m'apprendre à bien réagir dans n'importe quelle situation, mais c'est difficile. Même Doc'Mac m'a demandé plus d'une fois de rester calme.

Doc'Mac sort son carnet et commence la réunion.

— Voici le programme ! dit-elle. Demain, Clara, Sophie, Isabelle, Zoé et Julie... seront de nettoyage. David et Samuel sont réquisitionnés pour le concours hippique. Amusez-vous bien, tous les deux ! Vous nous raconterez. Pour aujourd'hui, les salles de consultation et la salle d'opération étant déjà prêtes, il n'y aura qu'un petit coup de propre à mettre en salle d'attente. David et Zoé arroseront les plantes. J'aurai besoin de Clara pour m'aider au bureau pendant un petit quart d'heure.

Samuel et Julie, vous ferez les vitres. Les chiens ont encore bavé sur le bas des portes : Isabelle et Sophie, vous passerez l'éponge. Ensuite, on se rejoindra en salle de convalescence pour examiner les canetons. Isabelle, tes parents t'ont renseignée à propos des canards ?

Je sors mon papier.

— Tout est là !

— Parfait, répond Doc'Mac. Je sais que je peux compter sur toi !

Très vite, chacun s'attelle à sa tâche et j'en profite pour faire quelques photos des petits vétérinaires au travail. Sophie prend la pose, les mains sur les hanches. Je remets le capuchon sur l'objectif et je retourne au nettoyage des portes. En quelques minutes, on a terminé. On est tous impatients de voir les canetons.

Pourtant, quand on retrouve Doc'Mac et le docteur Gabriel en salle de convalescence, on comprend tout de suite qu'il s'est passé quelque chose de terrible. Un petit caneton est mort. Celui qui était seul dans sa boîte.

Doc'Mac a pris son stéthoscope pour vérifier son pouls, mais c'est évident qu'il n'y a plus rien à faire pour lui. Il est couché sur le côté, les pattes recroquevillées, les paupières entrouvertes.

Je suis triste et en colère. Vraiment furieuse. Et je le prends en photo.

— Mais ça ne se fait pas ! s'écrie Clara en pleurs.

Je crois que je l'ai vraiment choquée.

— Mais pourquoi tu le photographies, Isabelle ? ajoute David. Qu'est-ce que tu vas faire de cette photo ?

— Désolée… Je… je ne sais pas.

Est-ce que j'ai mal réagi ? Est-ce qu'on ne doit pas photographier un animal mort ? Est-ce qu'on n'a pas le droit de garder une trace des choses tristes ?

Je suis gênée. Je dois être aussi rouge que la lampe chauffante. Tous les petits vétérinaires me regardent.

— Je suis certaine qu'Isabelle utilisera cette photo avec beaucoup de respect pour la mort de ce petit canard, dit enfin Doc'Mac.

Mais Clara pose rapidement un linge sur le petit caneton. Peut-être pour m'empêcher de prendre une autre photo.

Sophie et Samuel enfilent des gants pour s'occuper des autres canetons qui pépient très fort et Julie prépare leur fiche de suivi. Doc'Mac nous montre comment examiner un caneton. Sophie et Samuel reproduisent ses gestes avec les deux autres.

J'ai du mal à me concentrer. Je me demande ce que mes amis pensent de moi. En prenant cette photo, je n'ai pourtant pas eu l'impression de faire quelque chose de mal. Mais c'est vrai que je n'ai jamais vu la photo d'un animal mort. Ni dans un magazine ni dans une expo. Même quand il y a une catastrophe écologique et que des oiseaux sont pris dans une nappe de pétrole. J'ai peut-être eu tort…

— Isabelle ? Isabelle ? répète Doc'Mac.

— Oh, je suis désolée ! Je ne vous avais pas entendue, Doc'Mac.

— Peux-tu nous lire les renseignements que tu as collectés sur les canards ? demande-t-elle avec un sourire.

Elle essaie de me réconforter, mais Clara fronce toujours les sourcils.

— Voilà… J'ai interrogé mes parents et j'ai fait des recherches sur Internet. Le plus important à savoir est que les canards n'ont pas de salive. C'est pour ça qu'ils ont besoin d'eau en permanence. Sans salive ou sans eau pour les aider à avaler, les aliments se coincent dans leur gorge et ils peuvent s'étouffer.

Le docteur Gabriel hoche la tête. Souvent appelé dans les fermes, il doit savoir beaucoup de choses sur les canards.

— Alors tous les canetons auraient pu mourir si Isabelle ne les avait pas retrouvés à temps! dit Sophie. Il n'y a pas d'eau à côté du lycée.

Elle tente de me faire passer pour une sorte de héros, mais si je n'avais pas été sur le parking, quelqu'un d'autre les aurait amenés à la clinique vétérinaire. Du moins, je l'espère.

Je reprends ma lecture:

— Les canards sont très salissants. Ils défèquent toutes les quinze minutes environ.

Je lève un instant les yeux pour voir si David va en profiter pour lancer une de ses fameuses blagues, mais, pour une fois, il reste sérieux.

— Il est très difficile de savoir si un canard est un mâle ou une femelle avant la septième semaine, où il se couvre de plumes. Celles des mâles forment une houppette à l'arrière, pas celles des femelles.

Julie s'approche des canetons pour mieux les observer.

— J'ai appris aussi que seules les canes cancanent. On dit qu'elles cancanent, mais on peut dire aussi qu'elles nasillent.

— C'est dingue, ça! s'écrie Samuel. Il n'y a pas un canard qui fait «coin-coin»! T'es sûre?

— C'est ce que m'ont expliqué mes parents et ce que j'ai lu sur Internet.

— C'est vrai, confirme le docteur Gabriel.

— Mais alors quel bruit font les mâles ? demande David.

— Une sorte de gémissement entre un coassement de grenouille et un cri de bébé qui boude, répond le docteur Gabriel.

Il l'imite aussitôt et nous éclatons de rire.

— Ils ont l'air en forme. Qu'en penses-tu ? demande-t-il à Doc'Mac en se penchant pour les observer.

— Oui, ils ont repris des forces.

Clara secoue la tête.

— Mais est-ce qu'ils sont sauvés ? dit-elle. Ce qui a tué l'autre caneton ne peut pas les tuer ?

Doc'Mac regarde Clara puis les canetons.

— Il est trop tôt pour en être certain, dit-elle. Nous allons les garder sous surveillance. Ce pauvre caneton avait ingéré un fil de plastique et il était gravement déshydraté, c'était beaucoup trop pour un si petit animal.

Elle tapote l'épaule de Clara et ajoute pour la réconforter :

— Il est très difficile de perdre un patient, mais nous allons tout faire pour soigner les autres.

— Savez-vous de quelle race ils sont ? demande David.

— Sans les plumes, ce ne sont que des suppositions, répond le docteur Gabriel. Je dirais des Pékin américains. À l'origine, ils venaient de Chine. On les a importés et on les élève pour la qualité de leur viande et de leurs œufs. Je ne pense pas qu'ils aient été abandonnés par leur mère. Ils ont dû éclore en couveuse. Quelqu'un les aura achetés pour des enfants sans réfléchir aux soins dont ils ont besoin.

— C'était trop de travail pour eux!

J'ai parlé fort et fait sursauter le berger allemand dans la grande cage.

— Oh, désolée…

— Chut…, lui murmure Sophie. Ne t'inquiète pas, rendors-toi…

— Les gens ne se doutent pas, quand ils achètent ces animaux, du travail que ça leur donnera, dit Clara.

— Ce n'est pas une excuse! C'est vrai, quoi! Ils auraient pu au moins les amener ici ou les déposer au refuge d'Ambler. Ou chez mes parents. Nous, on s'en serait occupés!

— Il est temps d'ouvrir la clinique, dit Doc'Mac. D'après le planning, Samuel, Julie et Zoé sont à l'accueil.

— Vous voulez que je reste un peu pour classer les dossiers des patients? lui propose Clara.

— Volontiers, si ça ne te dérange pas…

Doc'Mac déteste s'occuper de la paperasse. Mais comme Clara aime l'ordre, tout s'arrange. Moi, je prends une dernière photo des petits canetons en pensant faire plaisir à Clara, mais elle me regarde avec un drôle d'air avant de sortir.

— Dans un ou deux jours, tu pourras emmener ces canetons chez tes parents, me dit le docteur Gabriel.

— Pas de problème, on sera prêts à les accueillir !

— Isabelle ! me lance Zoé sur le seuil de la porte. Il paraît que tu vas retourner au lycée montrer tes photos ? Cette fois, je viendrai t'aider ! Je peux être une super présentatrice, encore mieux qu'à la télé !

Elle fait un immense sourire et bat des cils.

— Je pourrai te passer les trucs dont tu as besoin, ou servir des rafraîchissements. Tout ce que tu voudras ! ajoute-t-elle en sortant.

Sophie caresse toujours le berger allemand qui a réussi à se rendormir.

— Téléphone-moi quand tu seras rentrée chez toi pour parler du lycée, me chuchote-t-elle.

Je hoche la tête, mais je ne suis pas sûre de l'appeler. J'aimerais beaucoup qu'elle m'accompagne, mais je sais qu'elle le dirait à sa cousine. Et je n'ai pas hyper envie de devoir refuser. J'ai assez dit «Je suis désolée !» pour la journée.

Chapitre 4

. . . .

Dans la grange de notre centre de réhabilitation, ma mère et moi préparons un enclos pour les canetons. Nous transportons un grand bac métallique qui mesure presque deux mètres de diamètre et soixante centimètres de haut. On utilise les mêmes pour les poules ou les dindes. Ça peut sembler immense pour trois minuscules canetons, mais ils auront vite besoin de beaucoup d'espace. Ensuite, on sécurise le bac en posant un grillage à plat dessus pour empêcher les ratons laveurs et les autres animaux d'y entrer.

Ma mère chasse une mèche de cheveux de son visage.

— Nous devrons sortir les canetons plusieurs fois par jour pour les obliger à faire de l'exercice, dit-elle. On les promènera autour de la grange, mais sans que les renards les voient. Il ne faut pas qu'ils les effraient. Et notre raton laveur non plus !

On place sans l'allumer une lampe chauffante et on vide un sac de copeaux au fond du bassin. Au centre, ma mère ajoute une pierre plate.

— À quoi sert-elle ?

— À y poser les bols d'eau, me répond-elle. Et elle maintiendra en place les copeaux. Enfin, je l'espère. Tu vas voir, Isabelle… les canards font un désordre inimaginable !

— Et ils vont beaucoup, beaucoup aux toilettes !

— Ce n'est pas étonnant avec tout ce qu'ils boivent, dit ma mère en riant.

Je la suis pour nettoyer les autres enclos et distribuer de la nourriture à nos nombreux pensionnaires. Nous avons cinq lapins qui, à tous les coups, ont été abandonnés après les fêtes de Pâques. Au moins, ceux-là n'ont pas été laissés sur un parking. Mais à quoi pensent les gens ? Quelle idée d'offrir à un enfant un animal comme si c'était un jouet !

Après avoir rempli les distributeurs d'eau et les petits râteliers, on peut câliner un peu les lapins. Ils sont tellement mignons ! On en prend un chacune. Les lapins ne retourneront pas dans la nature, alors il faut les habituer à être manipulés. On les caresse pour les apprivoiser. Le petit gris que ma

mère a pris dans ses bras est adorable, on dirait
une peluche !

— Je voulais les déposer au refuge lundi dernier, mais nous sommes obligés de les garder, dit-
elle. Le directeur dit que, depuis Pâques, ils sont
envahis par les lapins. C'est de pire en pire tous les
ans.

Après les animaux de la grange, nous partons
soigner les animaux qui vivent en plein air. La
famille de renards semble faire la sieste et le raton
laveur guérit bien de sa blessure à la queue.

On arrive sur le perron. J'adore notre maison !
Je sais que je vais grandir et qu'un jour je partirai,
mais je voudrais avoir exactement la même plus
tard !

Mon petit frère Théo est allongé au milieu de la
cuisine. Sous une chaise, il a empilé plein de petits
dinosaures en papier. Il fait tellement de bruit en
jouant avec ses origamis qu'il ne nous entend pas
entrer. Alors je me dépêche d'attraper le dinosaure
le plus proche pour le surprendre et j'attaque :

— Raaaaaarrrrh !

Théo sursaute et se cogne la tête sur le dessous
de la chaise.

— Oh, je suis désolée !

Il cligne des yeux et se frotte la tête. Je vois bien
qu'il fait de son mieux pour se retenir de pleurer.

— Je suis désolée ! Vraiment désolée !

Je veux lui rendre son dinosaure, mais je l'ai complètement froissé. J'ai dû l'écraser dans ma main quand Théo s'est cogné.

— Attends… je vais le réparer…

J'essaie de le lisser, mais mon petit frère reprend son dinosaure.

— Tu l'as tout abîmé, proteste-t-il.

— Théo, je te promets que je ne l'ai pas fait exprès !

— Faut que tu fasses attention, c'est un dimétrodon. Ils sont super durs à faire, les dimétrodons !

— Je voulais juste m'amuser avec toi.

Mon frère me regarde, il a l'air d'avoir un doute.

— Allons, dit maman en lui ébouriffant les cheveux. Laisse-moi arranger ça.

Je trouve une idée pour le consoler :

— Qu'est-ce que tu dirais d'installer tes dinosaures dans le jardin, hein ? Je pourrais les photographier ?

— Pour quoi faire ? répond mon frère qui continue de bouder.

— Si je les prends en gros plan au ras de l'herbe, on aura l'impression qu'ils sont aussi grands que des vrais ! Et tu pourras coller les photos dans un cahier ou les accrocher dans ta chambre.

— D'accord ! s'exclame soudain Théo.

Il rassemble ses dinosaures dans une boîte à chaussures décorée.

— Dépêche-toi, Isabelle, on y va !

On s'installe près d'une souche. Les champignons géants qui poussent dessus font un très beau décor préhistorique. Sous la luminosité extérieure, les dinos de mon petit frère ont fière allure.

— Théo, tu peux déplacer le dinosaure bleu devant les fougères ?

— Comme ça ?

— Magnifique ! Approche le rose du vert pâle…

— C'est un ptéranodon. Normalement, il vole. Tu veux que je le tienne en l'air ? demande mon frère.

— Surtout pas ! On verrait ta main, ça gâcherait l'effet. Il faudrait l'accrocher au buisson avec du fil de pêche.

— Hé ! proteste Théo. Tu ferais un trou dans mon dinosaure pour passer ton fil ?

— Un tout petit trou de rien…

— Non ! T'as déjà abîmé mon dimétrodon, tu ne feras pas de trou dans mon ptéranodon !

Mon frère n'en démord pas. Je commence à chercher une autre solution quand j'aperçois dans mon objectif quelque chose de blanc et de duveteux. Quelque chose qui n'a absolument rien à faire dans les bois.

— Théo, dis-je dans un souffle, tourne-toi lentement… et dis-moi quel petit animal est derrière toi.

Ses yeux s'écarquillent, mais il pivote sans bruit. Comme moi, il est habitué depuis tout petit à vivre au milieu des animaux.

— C'est un lapin…, chuchote-t-il. Un lapin blanc avec des yeux bleus. Ce n'est pas un lapin sauvage, il doit être à quelqu'un.

— Ça, ce n'est pas sûr, dis-je. Il faut qu'on le sauve.

Mon frère ne bouge plus et reste accroupi.

— Je peux l'attraper, dit Théo, mais il faudrait que tu le contournes au cas où il tenterait de s'échapper.

Je décris un large cercle en gardant un œil sur la petite boule blanche. Dès que je suis prête à lui barrer la route, je fais signe à mon frère.

— Vas-y, Théo !

Il s'avance doucement et, tout à coup, il bondit sur le lapin.

Ce n'est certainement pas un lapin sauvage, il n'a même pas réagi !

— Bravo, Théo ! T'es ultra rapide !

Il a plaqué fermement le lapin, mais il veille à ne pas lui faire mal.

— Ne le lâche pas, on va le porter à maman. Tu veux que je prenne tes dinosaures ?

— Oui, mais attention de ne pas les abîmer. Passe devant, je te suis.

Pendant que notre mère examine le lapin, je prépare avec Théo une cage dans la grange.

— C'est un lapin tête de lion, dit maman. Une femelle d'environ huit semaines.

— Tête de lion ? répète Théo. Elle n'a pas de crinière !

— Elle en aura bientôt une, explique maman. Tu vois ces poils plus longs et plus épais entre les oreilles ? Bientôt, ils se répandront tout autour de sa tête. Elle va être magnifique.

Ma mère dépose la lapine dans la cage et lui tapote la tête. Elle referme la porte et pousse un soupir.

— Il y a un problème ? dis-je en donnant des petits coups d'index sur le distributeur d'eau qui ne coule pas assez vite.

— On est envahis par les lapins, répond maman.

— Ce n'est pas trop grave, ils ne mangent pas beaucoup, fait remarquer Théo, un peu embarrassé d'avoir attrapé la lapine.

— Ne t'inquiète pas, mon chéri, tu as bien fait de me l'amener, dit maman. J'espérais seulement que nous aurions un peu moins de travail ces temps-ci, mais, depuis Pâques, c'est de pire en pire. Et il n'y a que vingt-quatre heures dans une journée !

— Tu veux qu'on vous aide davantage ? dis-je.

— Non, Isabelle. Vous n'êtes pas en vacances. Et ton grand frère est très pris par ses cours ce semestre. On est tous débordés.

— Oh là là, dit Théo. Je n'aurais pas dû attraper le lapin.

— Mais si ! répète maman. On y arrivera. On y arrive toujours.

Elle fait un drôle de sourire qui ressemble à une grimace et elle nous serre contre elle.

— Quelle chance j'ai ! s'écrie-t-elle. J'ai deux enfants champions du sauvetage d'animaux en détresse ! Dites donc… j'ai dans la cuisine quelques biscuits, ça vous tente ?

En rentrant à la maison, maman et Théo s'amusent à chercher un nouveau nom pour notre centre :

— Le ranch des lapins ?

— La ferme des lapins ?

— Le Lapin Center ?

Pendant ce temps, je réfléchis à un moyen d'aider ma mère. Il doit bien y avoir une solution pour faire adopter tous ces lapins !

Chapitre 5

. . . .

Le dimanche, dès notre arrivée à la clinique, Clara, Julie et moi nous précipitons pour voir comment vont les canetons. Doc'Mac et Sophie les ont nourris tôt le matin. Leur caisse est propre. Ils ont l'air beaucoup plus en forme que la veille. Quel soulagement! Tout le monde a le sourire. On vérifie leur bol d'eau et on remet bien en place la lampe chauffante. Avant de sortir, Julie jette un dernier regard attendri aux canetons.

Aujourd'hui, nous devons ranger les salles de consultation. Elles sont juste en face l'une de l'autre. Avec les portes ouvertes, on peut continuer à se parler. On forme deux équipes. Je suis avec Sophie, et Clara est avec Julie.

— C'est étrange d'être si peu nombreux un dimanche ! lance Clara depuis l'autre pièce.

Sophie a enfilé des gants et réapprovisionne en médicaments le petit placard à côté de moi.

— David était tellement content d'aller à ce concours hippique ! dit-elle. Samuel et lui doivent accueillir le public et s'occuper des juges. Ils vont leur servir du café et surtout courir porter leurs messages de la tribune à la piste. Ils ont autre chose à faire aussi, mais je ne me souviens plus de ce qu'ils m'ont dit.

— Et que fait Zoé ? crie Julie.

— Je ne sais pas, répond Sophie. Elle est peut-être au concours. La dernière fois que je l'ai vue, elle traversait la rue pour aller chez David. En tout cas, si elle est partie là-bas, ce n'est pas pour aider dans les écuries ou nettoyer le crottin ! Elle était trop bien habillée pour ça.

Cette réflexion me fait sourire. Avec Zoé, c'est un peu Hollywood qui a débarqué à Ambler, notre petite ville tranquille de Pennsylvanie. Mais qu'est-ce qu'elle serait allée faire au concours hippique ? Je ne savais pas que ça l'intéressait.

Pour une fois, le week-end s'annonce calme à la clinique de Doc'Mac. On devrait s'en sortir même sans l'aide de Zoé et des garçons.

Pendant un long moment, on caresse les chats puis on sort dans le jardin derrière la clinique pour aller au chenil. D'habitude, on y garde les chiens presque guéris et parfois ceux dont les maîtres sont en vacances. Mais aujourd'hui, il n'y a que Baron. Nous le sortons du chenil et le promenons en laisse. Il porte toujours un cône autour de son cou et a un pansement à la patte, mais il marche bien. Il s'arrête souvent pour renifler l'herbe et les cailloux. Soudain, il tente d'attraper un bâton près de la clôture.

— Mon pauvre vieux, tu n'y arriveras jamais avec ton cône ! s'écrie Julie. Tu veux que je t'aide ?

Mais impossible de lui donner le bâton, il se bloque dans le cône.

— Casse-le en deux ! suggère Sophie.

Elle trouve toujours une solution à tout.

Et le berger allemand reprend sa promenade en portant fièrement son bâton.

À l'autre bout du jardin, il le lâche pour aboyer comme un fou. Un lapin semble coincé entre deux épaisseurs de grillage.

— Julie, ramène vite Baron au chenil ! dit Sophie.

Aussitôt, Julie tire sur sa laisse et se met à courir. Clara leur emboîte le pas.

— Je vais chercher des gants et une serviette, dit-elle.

Sophie et moi, on se penche pour mieux observer le lapin. Ses pattes arrière semblent coincées dans le premier grillage et sa tête dans le deuxième.

— Mais comment il s'est retrouvé là ? demande Sophie.

— La question, c'est plutôt comment on va le sortir sans qu'il se blesse.

Le lapin ne saigne pas. Il n'a pas l'air blessé, juste prisonnier du grillage. Mais sa respiration est rapide et son regard affolé.

— Il a très peur, dis-je. Il pourrait mordre.

— On pourrait commencer par libérer ses pattes, propose Sophie.

— D'accord…

— On posera une serviette pour l'aveugler. Ensuite, on s'occupera de sa tête. Mais en tirant, il faudra faire attention de ne pas blesser ses oreilles.

— Julie enferme Baron et elle nous rejoint, annonce Clara en revenant. Alors, comment on fait pour le lapin ?

Je propose que deux d'entre nous soulèvent le grillage pendant que la troisième s'allonge pour tirer le lapin.

On enfile d'abord les gants épais que Clara nous a apportés pour nous protéger des morsures. Sophie enroule la serviette autour de la tête du lapin et la maintient. Je libère ses pattes du premier grillage puis j'aide Clara à soulever la clôture. C'est plus dur que je ne pensais. Clara souffle et je commence à avoir des crampes.

— Encore un peu plus haut, demande Sophie.

Elle tire lentement le lapin vers elle.

— Tenez bon! On y est presque...

Mais au moment où elle réussit à le faire passer, le lapin bondit, se libère de la serviette, longe à toute vitesse la clôture et fonce vers le petit bois. Je me mets à crier:

— Faut pas le laisser s'échapper! Il est peut-être blessé!

— Je ne voulais pas le lâcher, mais il se tortillait tellement, gémit Sophie.

— Ça ira, dit Clara. S'il avait quelque chose de cassé, il ne courrait pas si vite. Allez, on a fait du mieux qu'on pouvait. Maintenant, il faut réparer la clôture.

— Je m'en occupe, dis-je. J'ai l'habitude. Il faut aussi qu'on finisse de ranger les salles de consultation. La promenade de Baron et le sauvetage du lapin nous ont pris plus d'une heure. Tu parles d'une mini-pause!

Il n'y a plus qu'un coup de serpillière à passer sur les sols. On va pouvoir s'occuper de la salle de convalescence. Doc'Mac, elle, nettoie la salle d'opération.

— Il faut qu'on trouve une solution pour les canetons, dis-je à tout le monde.

— Je croyais que ta famille les prenait au centre, me répond Julie.

— Oui, mais je parle d'une solution à long terme pour empêcher tous ces abandons. Mes parents s'en plaignent après chaque fête de Pâques.

Julie et Clara ont arrêté de ranger pour me regarder.

— Il faut agir dès maintenant si on ne veut pas que ça se reproduise l'année prochaine !

— Qu'est-ce que tu veux qu'on fasse ? me demande Clara.

— Il faut trouver qui vend les canetons, les poussins et les lapins pour Pâques.

Sophie cesse de compter les compresses qu'elle remettait en place.

— Super idée ! Mais comment ?

— On peut se partager le travail et faire le tour des magasins. J'ai fait des recherches hier soir. On en vend un peu partout : dans certains supermarchés, les animaleries et les jardineries. Julie, est-ce que tes parents en vendent à la quincaillerie ?

— Bien sûr que non ! Pourquoi tu me demandes ça ?

— Parce que ceux qui vendent du matériel de jardinage vendent parfois des poussins aux clients qui veulent démarrer un poulailler. Il faut repérer tous les magasins concernés et les convaincre de cesser ce commerce !

— Comment tu comptes t'y prendre ? me demande Sophie.

— En leur expliquant ce qui arrive aux animaux. Il faut qu'ils contrôlent les intentions de leurs clients. Il y a une grande différence entre ceux qui achètent des animaux en ayant réfléchi et ceux qui en achètent sur un coup de tête, juste parce qu'ils les trouvent mignons. Et si vous avez d'autres idées, dites-le ! Il faut qu'on s'y mette le plus tôt possible.

Clara, Julie et Sophie hochent la tête.

— Samuel et moi, on peut aller à l'animalerie, propose Julie. Elle est tout près de chez nous.

— Moi, j'irai au refuge d'Ambler, dit Clara. Ils doivent savoir combien d'animaux sont abandonnés chaque année pour ces raisons-là.

— Bonne idée ! dis-je. Et toi, Sophie, tu veux venir avec moi ? J'ai pensé au magasin d'alimentation pour animaux et au magasin de machines agricoles. On demandera à David de nous accompagner. Il connaît des gens là-bas.

— On devrait emmener Zoé, suggère Sophie.

J'accepte tout de suite. Si Zoé leur fait son petit numéro de charme, ils nous diront tout ce qu'on veut savoir ! Je propose aussi qu'on prépare un exposé sur le sujet.

— On pourra le présenter en cours de S.V.T. Qu'est-ce que vous en dites ?

— Oh, je ne sais pas, hésite Julie. Je n'aime pas trop parler devant toute la classe.

— On peut le faire ensemble. Pas un truc casse-pieds comme un long discours. On préparera une grande affiche avec juste les infos qu'on a apprises ces derniers jours. Et je posterai tout sur notre blog.

Clara et Sophie ne sont pas enthousiastes non plus à l'idée de l'exposé, mais elles finissent par accepter.

— Toi, tu es super bonne à l'oral. Moi, je suis bien trop timide, ajoute Julie, toujours pas convaincue.

— C'est parce que je m'oblige à parler en public. Si tu t'entraînes, tu y arriveras aussi !

— En plus, je ne vois pas trop l'intérêt d'en parler à des gens de notre âge. Ce sont les adultes qui achètent les petits animaux pour Pâques, insiste Julie.

— Les élèves deviendront des adultes et, eux au moins, ils sauront. C'est pour former les générations futures! Et ils le diront à d'autres qui le diront à d'autres et tout changera un jour!

Je m'enflamme un peu, mais je réussis enfin à décider Julie. Ouf! Ça n'a pas été facile!

— Dès qu'on aura terminé de ranger, je propose qu'on rédige notre projet, ça sera comme un plan de bataille. On le photocopiera pour tous les petits vétérinaires!

On se remet rapidement au travail et on s'active encore à fond quand arrive Zoé.

— Où sont les garçons? lui demande Sophie.

— Comment tu veux que je le sache? répond-elle.

— Tu n'étais pas avec eux au concours hippique?

— Mais non! Je donnais quelques recettes bio à la mère de David.

— Mouais, rigole Sophie. Ou tu papotais avec le charmant grand frère de David…

— Et alors? Il a le droit de manger de la nourriture saine, lui aussi!

J'échange un clin d'œil avec Sophie.

Appuyée contre la porte de la salle de consultation, Clara me demande:

— Isabelle, tu pourrais nous parler un peu de l'opération «Rivière propre»? Tu as trouvé des volontaires au club Nature du lycée?

— Neuf! Et des costauds. Même si leur club est plus axé sur le camping, le kayak et la randonnée, ils se soucient de l'environnement.

— Ils campent ensemble? s'exclame Sophie. Sans leurs parents?

— Oui, avec quelques profs. J'en ai rencontré un quand je suis allée au lycée, un professeur de biologie. Et aussi une certaine Mme Durant, une ancienne cheftaine scoute qui enseigne les mathématiques.

— Des filles et des garçons… sans les parents, répète Zoé.

— Mais avec des adultes!

Elle me sourit et hoche la tête. Julie traîne un seau d'eau au milieu de la salle et on sort pour ne pas la gêner.

— Si vous aviez vu leur salle de réunion! dis-je encore. Il y avait des affiches partout. Avec tous leurs projets. Que des super voyages! Cet été, ils vont camper une semaine dans les Adirondacks et grimper quelques sommets.

— Tu t'es contentée d'admirer leurs affiches, Isabelle, ou tu leur as fait un exposé? plaisante Zoé.

— Je leur ai présenté mes photos, dis-je. Ils les ont adorées. J'aimerais tellement m'inscrire à leur club!

C'est là que j'entends Clara dire sans desserrer
les dents :

— Pour leur montrer ta photo du caneton mort ?
Elle est toujours très en colère contre moi.

— Je ne suis pas certaine qu'ils t'acceptent dans
un club du lycée, ajoute très vite Zoé.

— Ils devraient, dis-je. Et tous les bénévoles de
la clinique aussi ! On n'est pas des gamins et on
s'intéresse comme eux à la nature.

Sophie distribue les éponges et on commence
à désinfecter les cages. Sophie nettoie les plus
hautes, Clara s'attaque au coin des canetons et je
suis obligée de me mettre à genoux pour frotter les
plus basses.

— Le collège ressemble à la maternelle à côté
du lycée. Pendant tout mon exposé, pas un seul
élève n'a fait l'imbécile. Ils m'ont prise très au
sérieux. Vous savez qu'ils peuvent partir toute une
année étudier à l'étranger ? Et j'ai aussi appris qu'ils
avaient presque tous des jobs.

— Nous aussi, me répond Clara. La preuve, on
travaille même le dimanche !

— Je veux dire des emplois avec des salaires…
Sophie fronce aussitôt les sourcils.

— Tu voudrais que Grand-mère nous paie ?

— Non ! Ce n'est pas ce que je veux dire. J'adore
ce qu'on fait. C'est juste que…

J'arrête un instant de laver et je m'assieds sur mes talons.

— La vie des lycéens est tellement plus passionnante que la nôtre…

— Et les garçons tellement plus mignons ! s'écrie Zoé, la main sur la hanche comme si elle posait pour une séance photo.

Maintenant, en plus de Clara, c'est Sophie qui me regarde avec un drôle d'air.

— Allez ! Ne me dites pas que ça ne vous plairait pas !

— Peut-être certains jours, admet Clara. Mais je n'ai pas envie que le temps passe trop vite. J'aime beaucoup être vétérinaire bénévole et aller au collège. On n'a pas besoin d'adhérer à un club de lycéens. Je ne vois pas ce qu'ils ont de mieux que nous !

— Au collège, tu n'as jamais l'impression d'être dans une sorte de prison où tu n'as rien le droit de faire ?

Je ne sais pas pourquoi, j'ai haussé le ton. Sophie ferme bruyamment une cage et fait sursauter les canetons.

— Nous, on étudie toujours les mêmes matières, dis-je en essayant de me calmer un peu. Au lycée, ils ont journalisme, arts graphiques, photographie…

— Peut-être, dit Sophie. Mais leurs cours de sciences sont encore plus difficiles que les nôtres.

— Et il y a un nombre de clubs incroyable ! Je suis sûre que si on lui explique qui on est, le prof responsable du club Nature nous acceptera.

Clara me tend quelques lingettes désinfectantes.

— On sera au lycée bien assez tôt, assène-t-elle.

— De quoi parlez-vous ? demande Julie en nous rejoignant en salle de convalescence.

— Isabelle veut nous inscrire dans un club qui ne veut pas de nous, lui répond Sophie. Et elle trouve qu'on est trop gamins pour elle !

Elle me bouscule en sortant dans le couloir. Bientôt, j'entends claquer la porte qui mène à sa maison.

— Hé ! Elle est devenue dingue ? s'exclame Zoé en partant à la poursuite de sa cousine.

— Je n'ai jamais dit que les petits vétérinaires étaient des gamins ! dis-je pour me défendre.

— T'inquiète, me répond Julie. Elles vont revenir.

Mais on ne les revoit pas de toute la journée.

Dans une ambiance un peu bizarre, on prépare quand même notre plan d'action pour lutter contre l'abandon des animaux après Pâques. Clara le tape à l'ordinateur et Julie l'imprime pour chacun des petits vétérinaires. Après un dernier coup d'œil aux canetons, on rassemble nos affaires. Clara dépose deux copies sur le bureau de l'accueil. Une pour Zoé et une pour Sophie.

— Je prends celle de mon frère et j'en déposerai une dans la boîte aux lettres de David, dit Julie.

Au moment de sortir de la clinique, je trébuche sur un paquet.

— Il y a des livraisons le dimanche? s'étonne Clara.

Oui, même le dimanche, des gens abandonnent les bébés lapins.

· · · · · · · · · · · · · ·

Chapitre 6

Le lendemain, tous les petits vétérinaires se retrouvent au collège. Assise en face de moi en salle de sciences, Sophie m'ignore. Même quand je lui propose à la fin du cours qu'on aille ensemble parler à M. Schuller de notre exposé.

Alors, j'y vais toute seule et tends la feuille avec notre plan au professeur.

— Monsieur Schuller, je voudrais parler de l'abandon des animaux à toute la classe, j'en ai pour cinq minutes. Peut-être un tout petit peu plus s'il y a des questions.

C'est un super prof et, en plus, il est très gentil.

— Je comptais faire une affiche. Sophie a dit qu'elle m'aiderait à la présenter.

M. Schuller relève la tête un instant et jette un coup d'œil à Sophie, toujours assise.

— Il y a un problème entre vous, Isabelle ?

— Non, non, je suis sûre que ça va s'arranger.

Mais Sophie me fusille du regard. Qu'est-ce qu'elle a ?

— C'est d'accord, me dit le professeur. Je vous laisserai un peu de temps mercredi au tout début de mon cours.

— Super ! Merci beaucoup !

— Et si «ça ne s'arrange pas», tu présenteras tout de même ton projet ? me demande le prof.

— Oui, s'il le faut, je le ferai seule.

Je reprends ma feuille et retourne à ma table. Sophie fronce les sourcils à mon approche.

Mais pourquoi est-elle si en colère ?

Au collège, nous ne déjeunons pas tous à la même heure. Mais David, Clara et Zoé sont déjà installés à notre table habituelle. Clara mange, le nez plongé dans un livre.

— S'il te plaît, laisse-moi me concentrer, dit-elle à David quand il essaie de lui parler.

Ça va encore être un déjeuner sans un mot échangé avec Clara.

— Alors, il paraît que vous avez trouvé un lapin

dans un carton devant la porte de la clinique? me demande David entre deux bouchées.

— Oui, encore un qui a été abandonné. Les gens sont vraiment irresponsables!

— Il faut agir, dit David. Ces animaux sont jetés comme des ordures!

— C'est pour ça qu'il faut se dépêcher de présenter notre exposé.

David mange tranquillement, Clara lit et Zoé rêvasse. Sophie n'est toujours pas arrivée à la cantine.

— Mme Simon est d'accord pour que j'en parle demain, dit David. Tu peux me faire une affiche?

— Il faut déjà que je fasse la mienne! Tu devrais y arriver tout seul.

— Pas sûr, dit David. Je ne suis pas très doué pour ça. Je pourrais dessiner un canard… et le colorier en jaune.

— Ajoute aussi un poussin et un lapin!

— Oh non, je suis incapable de dessiner un poussin! J'ai une idée. Comme on n'est pas dans la même classe, je peux très bien emprunter ton affiche et te la rendre quand il faut.

— Non, dis-je, assez agacée. Fais la tienne! Ça va être trop compliqué. Il faudra courir partout pour la récupérer.

David regarde Zoé puis me regarde. Il hoche la tête avec un drôle d'air.

Je hausse les épaules et demande à Zoé :

— Tu sais où est Sophie ?

— Aucune idée, répond-elle avec un soupir. On dirait qu'elle t'évite.

— Mais pourquoi ? J'ai bien vu qu'elle est en colère contre moi, mais je ne sais pas ce que je lui ai fait. Vous aussi, vous étiez fâchés hier, mais vous ne l'êtes plus.

David écarquille les yeux quand je lui explique qu'on a eu des petits problèmes à la clinique. Clara lâche enfin son livre et fronce les sourcils.

— J'ai cru que tu reprochais à Grand-mère de ne pas payer les bénévoles vétérinaires, me dit Zoé. Mais Sophie a dit que j'avais mal compris. Alors, je ne t'en veux plus.

— Dans ce cas, pourquoi est-elle encore énervée ?

— Je n'en sais rien et je ne veux pas me mêler de vos histoires, répond Zoé avant de boire une gorgée d'eau. T'as qu'à t'expliquer avec elle.

— C'est peut-être à cause du club Nature du lycée ? J'en ai trop parlé ?

Zoé se lève pour partir et répète :

— Vois ça avec elle !

— Ouh là ! s'écrie David. Il y a de l'orage dans l'air !

Avant que Zoé s'en aille, je lui demande très vite :

— Tu vas venir avec moi aux magasins d'aliments et de machines agricoles ?

— Non, répond-elle. Je vais rester avec ma cousine. Et elle a dit qu'aujourd'hui elle n'irait nulle part avec toi. Écoute… je ne veux pas me retrouver au milieu de la bagarre. C'est trop pénible. Débrouille-toi avec elle.

Zoé me sourit, mais elle se retourne et s'en va.

Clara replonge le nez dans son livre sans dire un mot.

— Je n'ai rien compris, dit David. Mais moi, je viendrai avec toi si tu veux. Tu ne manges pas ta barre de céréales ?

Je la lui donne, et mon orange aussi.

D'habitude, je trouve que la pause déjeuner passe trop vite, mais, aujourd'hui, j'ai l'impression qu'elle n'en finit pas…

Après les cours, David et moi nous rendons à pied au magasin d'aliments pour animaux. Mes parents y viennent de temps en temps, mais le plus souvent, ils se font livrer. Quand on veut nourrir des renards et des porcs-épics, ce n'est pas ici qu'on trouve ce qu'il faut. Alors, il y a plusieurs mois que je ne suis pas venue.

Pourtant, j'aime bien l'endroit. Il sent bon les céréales et le jus de pomme.

— Mon père pense à acheter ce magasin, me dit David.

Il s'approche d'un présentoir à cartes postales. Il grince quand il tourne.

— C'est vrai? dis-je en l'arrêtant. Quand?

— Je ne sais pas, mais il a déjà parlé au propriétaire. Je crois que je ne devais le dire à personne.

— Je ne le répéterai pas, je te le promets!

Nous attendons un peu. Je ne vois pas d'animaux dans le magasin. Ils n'en vendent peut-être pas. En plus des aliments, il y a des blocs de sel pour les chevaux, les vaches, les moutons et les chèvres. Et plein d'autres produits utilisés par les agriculteurs comme les graines et les engrais. Une grande partie du local est consacrée aux volailles : ils ont des distributeurs d'eau, des boîtes pour les œufs et même des lampes chauffantes pour couveuses comme celles qu'on utilise à la clinique. Il y a aussi des chapeaux pour se protéger du soleil et des crèmes solaires!

David sort deux dollars de sa poche et me montre une boîte de talc, utile pour limiter la transpiration et les irritations quand on fait du sport par exemple. Dessus, il y a un chimpanzé tout content d'avoir les fesses roses.

— Tu ne vas pas acheter ça ? Qu'est-ce que tu vas en faire ?

— Le montrer à Samuel… et bien rigoler !

Le directeur du magasin passe à côté de nous sans nous accorder un regard. David se tord de rire devant la notice de la boîte de talc et je dois lui donner un coup de coude dans les côtes pour qu'il se calme.

J'appelle le directeur et je lui explique pourquoi nous sommes venus.

— Oui, nous vendons beaucoup de poussins et de canetons, me répond-il. Des lapins aussi, quelques semaines avant Pâques. Mais jamais à des enfants, seulement à des adultes. Nous sommes des commerçants responsables.

— Sans doute, mais tous les adultes ne le sont pas, dis-je en essayant de ne pas avoir l'air agacée. Ils ne vous les achètent pas pour s'en occuper, ils veulent faire une surprise à leurs enfants.

— Et c'est vraiment grave, ajoute David.

Le directeur se frotte la nuque.

— Je commence à comprendre ce que vous voulez dire, les enfants. Mais nous vendons aussi ces animaux aux agriculteurs et à des personnes sincères qui recherchent un animal de compagnie. Comment voulez-vous que je demande à mes clients ce qu'ils comptent vraiment en faire ?

Ou combien de temps ils ont l'intention de les garder ? J'ai déjà entendu parler de ce problème dans d'autres régions, mais je ne savais pas que ça arrivait aussi à Ambler.

— Oh, si ! dis-je. Depuis plusieurs années. On s'occupe de tous ces animaux abandonnés au centre de réhabilitation pour animaux sauvages ou à la clinique du docteur Macore. Chaque printemps, c'est un vrai cauchemar pour leur trouver une famille.

— Alors, je passerai à la clinique pour parler avec les vétérinaires. Nous devons réfléchir pour trouver une solution. Je vous remercie de m'avoir prévenu, les enfants.

Il nous salue et repart travailler au fond du magasin.

— Ça s'est super bien passé ! se réjouit David.

— Tu rigoles ? Tu as vu sa réaction ? Il ne veut en parler qu'avec des adultes ! dis-je, un peu vexée.

— C'est toujours comme ça, dit David. Presque toujours. Il n'y a qu'à la clinique qu'on ne nous traite pas comme des gamins. Mais ça n'a pas d'importance. Tout ce qui compte, c'est qu'à partir de maintenant il fasse attention à qui il vend les animaux, non ?

David a raison. On a progressé.

— Allez, on va dans le magasin de machines agricoles !

David me suit, mais au moment de sortir j'aperçois deux lapins dans une cage. Ils sont en vente à cinq dollars. Deux lapins teints en rose et en violet !

— Waouh ! s'écrie David. Regarde comme ils sont marrants.

— Ça ne va pas, non ? C'est n'importe quoi ! On n'a pas le droit de les priver de leur pelage naturel ! Il faut qu'on retourne parler au directeur.

On se rend vers le comptoir le plus proche, mais la caissière nous apprend qu'il vient de prendre sa pause.

— Il sera de retour dans une heure, précise-t-elle.

— Alors, nous reviendrons, dis-je.

Nous allons à pied jusqu'au magasin de machines agricoles. Il est à un kilomètre à peine. David lit à haute voix l'étiquette sur son flacon de talc :

— «Notre produit est spécialement étudié pour empêcher la transpiration et les irritations par frottements de la peau. Idéal pour tous les conducteurs de moto, vélo et camion. Particulièrement adapté à l'équitation et à la pratique des sports»! Trop cool, hein, Isabelle ?

— Cool... ce n'est pas exactement ce que je dirais.

Je n'ai pas tellement envie de rire. Pendant le trajet, je repense aux deux lapins teints en rose et en violet. Qui va les acheter? Combien de temps vont-ils les garder? Il faut vraiment qu'on agisse!

Arrivés au magasin, on commence par en faire le tour. Je ne vois pas d'animaux. Il y a une grande couveuse, mais elle est vide. Il ne reste, au fond, que des copeaux de bois. Pas de poussins ni de canetons.

Une vendeuse en train de trier de grands crochets nous appelle de l'autre côté de l'allée.

— Hé, les enfants? Ne cherchez pas les poussins, on n'en a plus un seul!

— Vous en aviez il y a peu de temps? dis-je.

— Oui, on a vendu les derniers il y a deux semaines. Maintenant, on n'en aura plus avant l'année prochaine.

Elle sort d'un bac les crochets qu'elle trouve trop petits et les met à part.

— Est-ce que vous avez aussi vendu des lapins? demande David.

— Des lapins? Pourquoi veux-tu qu'on vende des lapins?

On ne sait pas quoi répondre, alors je lui demande si elle est la directrice du magasin.

— Non, me dit-elle. C'est M. Morris. Pourquoi? Tu veux lui parler?

— Oui, au sujet des canetons et des poussins abandonnés.

— Et des lapins ! ajoute David.

— Arrête avec tes lapins, soupire la dame. Je te dis qu'on n'en vend pas.

Je lance un regard sévère à David. Il ne m'aide pas du tout et il a du talc de chimpanzé partout sur les mains.

— Les enfants, il faut aller au refuge d'Ambler si vous cherchez des animaux abandonnés, reprend la vendeuse. Ils ont des chiens, des chats à adopter… Une fois, j'ai même vu un hérisson.

— On ne veut pas d'animaux, lui répond David.

Puis il pointe le doigt vers moi.

— Elle veut juste parler au directeur pour que les gens arrêtent de les abandonner !

— Il n'est pas là. Mais vous devriez quand même aller au refuge, insiste la dame.

— D'accord, dis-je. On ira.

Soudain, elle se tourne vers David.

— Et toi… n'oublie pas de payer ça avant de sortir, dit-elle en désignant le talc.

— Il est déjà à moi, répond David.

Il lui montre le ticket de caisse, mais elle ne le regarde même pas.

Elle plisse les yeux d'un air soupçonneux.

— Alors pourquoi tu reviens si tu l'as déjà acheté?

— Mais je ne l'ai pas acheté ici! Je l'ai acheté au magasin d'aliments pour animaux.

Il lui montre encore le ticket et la dame finit par hausser les épaules. Elle retourne aussitôt à son travail et on se dépêche de sortir.

— Elle est bizarre! s'écrie David.

C'est vrai, mais on a appris plein de choses. Même si on n'a pas obtenu de renseignements sur les clients. On sait que le magasin de machines agricoles vend des poussins et des canards et que le magasin d'aliments vend des poussins, des canards et… des lapins teints.

Je dis au revoir à David et rentre à la maison. Clara et Julie ont dû trouver d'autres infos au refuge et à l'animalerie. Il faudra qu'on les partage et qu'on décide comment agir.

Mais je n'ai plus le temps d'y réfléchir. Il faut que je prépare ma rencontre avec le club Photo du lycée! Ils m'attendent demain après-midi.

Comme Sophie et Zoé ne me parlent plus, je ne peux plus leur demander de m'accompagner. Tant pis! Je me débrouillerai seule.

Je dois réorganiser mon diaporama et ajouter de nouvelles photos. Cela risque de me prendre toute la soirée. Dans ma tête, je commence déjà à ordonner les images. Je repense à nos visites des deux magasins. David et moi, on nous a traités comme des enfants. Ça ne doit plus arriver quand on est au lycée! Encore une bonne raison d'avoir hâte d'y aller.

Chapitre 7

· · · · · · · · · · · · ·

Dès la fin des cours, je traverse les parkings pour arriver au lycée. Leur journée se termine aussi et beaucoup d'élèves sortent. Deux cars n'ont pas coupé leur moteur et attendent les équipes pour les conduire sur les terrains de sport. C'est très bruyant et il y a beaucoup plus de monde que la dernière fois où je suis venue. Je me faufile dans le hall d'entrée. Pendant que j'emprunte un couloir, je me demande si ça se voit que je suis au collège ou si je ressemble à une lycéenne.

Je ne savais pas comment m'habiller. Je me suis changée plein de fois ! J'aurais bien demandé des conseils à Zoé, mais c'était difficile avec Sophie qui me fait la tête. Au final, j'ai mis les vêtements neufs que ma mère vient de m'acheter. Je trébuche parce que mon jean est trop long. Même mon tee-shirt est trop large. Le col bâille et les manches me couvrent les doigts. Ça n'a pas été simple de traverser les parkings en portant mon ordi, mon appareil photo et mon album tout en remontant mon jean pour ne pas glisser dans les flaques d'eau.

J'ai chaud et je suis assez énervée quand j'arrive au deuxième étage. Je pose un instant tout mon bazar et je vérifie que le numéro de la salle correspond à celui qu'on m'a donné. Je peux entrer comme ça ou je dois frapper ?

Je décide de me lancer et ouvre la porte… Mauvaise idée !

La salle est remplie d'élèves, qui lèvent tous la tête et me dévisagent.

— Je peux vous aider ? me demande le professeur.

— Non, non, excusez-moi…, dis-je en refermant la porte très vite.

Pourtant, sur mon papier, il y a bien écrit :

Lycée d'Ambler, réunion du club Photo, salle 214, mardi à 15 heures.

Je suis devant la salle 214. Et il est déjà 15 h 10. Je commence à stresser et j'arrête une fille dans le couloir pour lui montrer mon papier.

— Oh, oui, le club Photo ! Je crois qu'ils ont changé de salle. La leur est prise pour des exams.

— Tu sais où ils sont ?

— Non, désolée...

Elle repart aussitôt et me lance :

— Va voir dans le hall principal sur les panneaux d'affichage !

Au moins, je sais où sont les escaliers pour redescendre. Génial ! Je vais être encore plus en retard.

Je finis par trouver le bon panneau.

Club Photo, mardi 15 heures, salle 224.

Ce n'est pas vrai ! Dire que j'y étais presque ! Je remonte en courant et pas très discrètement. Je ralentis seulement devant la salle.

Je fais beaucoup de bruit en entrant avec toutes mes affaires, mais personne ne semble me remarquer. Il y a quelques lycéens dispersés en petits groupes. Certains regardent des photos étalées sur des tables ; d'autres, épaule contre épaule, des appareils numériques. Dans un coin, quelques-uns rigolent quand l'un d'eux fait semblant de glisser.

Qu'est-ce que je dois faire ?

Je décide de poser mon ordi sur le bureau du prof et de l'allumer. Si seulement il y avait un adulte à qui demander où je dois tout installer. J'ai beau regarder, je ne vois pas qui est Najla, la responsable du club. Mes mains tremblent tellement que je fais tomber mon album. Où est l'écran ? Je ne peux pas projeter mes photos sans écran ! Et où est le projecteur ? Au téléphone, Najla m'a dit que je trouverais tout sur place. Il n'y a rien ! Ça tourne au cauchemar.

Le groupe qui riait m'aperçoit enfin. Il s'approche.

— Certains sont partis en pensant que tu ne viendrais plus, me dit une fille qui pourrait être Najla.

— On m'avait dit salle 214 !

— Oui, c'est vrai, ils nous ont déplacés au dernier moment.

— Tu es Najla ?

— Oui, dit-elle en hochant la tête.

Ça ne semble pas intéresser les autres.

— Tu veux que j'installe mon ordi ? dis-je.

Ma voix est bizarre et mon estomac noué.

— Ce n'est pas la peine, répond Najla. Donne-moi ta clé USB.

Quelle clé USB ? Je n'ai pas apporté de clé.

— La semaine dernière, au club Nature, j'ai branché mon ordinateur au projecteur...

— Ça ne marche pas comme ça ici, m'interrompt un garçon. L'ordi est relié au tableau numérique que tu vois là-bas.

J'avais pris le tableau blanc pour un tableau normal.

— C'est super pratique ! insiste le garçon.

Ça doit même être génial, quand on est prévenu qu'il faut tout mettre sur une clé.

Je n'aurais pas eu non plus à trimbaler mon ordi. Mes yeux me piquent. Il ne faut pas que je me mette à pleurer devant tout le monde. Pourquoi on ne m'a rien dit ?

— Je n'ai pas de clé, on peut peut-être emprunter le projecteur du club Nature ?

— Comment tu veux que je le sache ? me répond Najla. Nous, on utilise toujours notre système.

Même le garçon à côté de moi a l'air surpris par le ton de sa voix.

— Attends une seconde, me dit-il.

Il incline le menton et fronce les sourcils.

— Si tu m'envoies ta présentation par e-mail… je pourrai l'ouvrir depuis le système !

Je peux enfin respirer. Je me précipite sur mon ordi et ouvre ma messagerie. Le garçon tape lui-même l'adresse e-mail.

Pendant qu'il va réceptionner le message sur leur ordinateur, j'en profite pour aller aux toilettes.

Je n'arrive pas à comprendre l'accueil de Najla. D'abord, elle ne me dit pas qu'ils ont changé de salle et ensuite elle s'énerve parce que je suis en retard. Elle ne me prévient pas que l'équipement est différent et elle s'agace parce que je ne le sais pas. Je pensais les lycéens beaucoup plus cool! Je jette un coup d'œil à ma montre et je vois que j'ai déjà perdu une demi-heure pour ma présentation. Je ne sais pas comment, mais il va falloir que je la raccourcisse.

Quand je reviens des toilettes, la prof responsable du club est là. Elle est assise au milieu des élèves et ils regardent l'écran. Mais ce n'est pas la première photo que j'avais sélectionnée, c'est celle du caneton mort! Oh, non!

Je fonce vers le garçon dont je ne connais toujours pas le nom.

— Ce n'est pas le bon fichier!

Je sens que je suis écarlate. Qu'est-ce qu'ils vont penser de moi? Clara est mon amie et, pourtant, ça l'a choquée.

— Elle est géniale, cette photo! s'écrie une fille avec d'immenses boucles d'oreilles. Ce cliché raconte une histoire!

— Une triste histoire, dis-je. Le caneton venait de mourir parce que quelqu'un l'avait acheté puis abandonné.

— C'est horrible ! s'exclame la fille.

— Je sais. Le docteur Macore, la vétérinaire, a tout fait pour le sauver. Mais il était trop faible et déshydraté.

— C'est triste, répètent plusieurs lycéens dans la salle.

Et je leur explique qu'il s'agit d'un des quatre canetons que nous avions trouvés sur le parking de leur lycée.

— J'en ai entendu parler, dit un garçon qui semblait dormir jusque-là. Tu penses qu'ils ont été abandonnés par quelqu'un d'ici ?

— Non, des parents ont dû les acheter pour leurs enfants. Quand ils ont vu qu'ils étaient salissants, ils s'en sont débarrassés. Ils auraient au moins pu les déposer dans un endroit où on peut s'en occuper, comme le refuge d'Ambler ou la clinique. Ce petit-là ne serait pas mort.

Ils restent tous silencieux un moment. Est-ce que j'ai trop parlé ? C'était beaucoup plus facile devant le club Nature.

— C'est quand même une super photo, dit Najla.

— Magnifique, renchérit un garçon au deuxième rang. Comment tu obtiens cette lumière ?

— Une ampoule rouge à quatre mètres environ. C'est ça qui donne cette couleur orangée.

Je suis sur le point de reconnaître que je ne l'ai pas fait exprès. La lampe chauffante était déjà installée pour les canetons, mais le garçon devant l'ordi lance la suite de mon diaporama. Et je commence à commenter.

On parle de l'éclairage, du choix des objectifs, de la faune et de la nature en danger.

Les élèves posent beaucoup de questions quand je montre les clichés de la dernière opération « Rivière propre ». Comme au club Nature, j'ai apporté de la documentation et la feuille d'inscription des bénévoles.

— C'est organisé par notre club Environnement, l'adresse de notre blog est sur les documents. Si vous voulez nous rejoindre, vous pouvez nous contacter.

— Vous vous rencontrez où ? Au collège ? demande une fille vêtue en noir de la tête aux pieds.

Elle dit « collège » comme si elle disait « maternelle ».

— Oui, au collège, pendant quatre heures chaque premier mardi du mois.

La fille semble moins intéressée. D'autres jeunes reposent aussi les documents. Aucun des membres du club Photo ne se déplacera au collège !

Alors, je me dépêche d'ajouter :

— Mais j'espère entrer bientôt au club Nature du lycée !

La jeune fille en noir hoche la tête.

— Quand tu y seras, préviens-moi.

Deux autres jeunes me disent la même chose avant de s'en aller.

J'ai peut-être parlé un peu vite, mais j'y ai beaucoup réfléchi depuis la semaine dernière. Ils ont un super auditorium. On pourrait faire des réunions géniales. Les lycéens seraient beaucoup plus nombreux à venir nous aider. Le club Nature se rendrait compte que les vétérinaires bénévoles ont leur place dans leur club.

Je suis certaine d'avoir raison. Alors pourquoi je redoute d'en parler aux petits vétérinaires ?

Je regarde la feuille d'inscription pour l'opération «Rivière propre». Personne ne l'a signée. Seulement deux prospectus ont été emportés. Je rassemble mes affaires et je redescends dans le hall du lycée. Cette fois, tout me semble plus grand et les élèves beaucoup moins sympathiques.

Chapitre 8

Clément vient me chercher au lycée. Pendant qu'on roule sur le parking, j'aperçois Nicolas et sa petite amie. Clément ralentit et s'arrête à leur hauteur.

— Salut ! s'écrie Nicolas en souriant à Clément. On dirait que tu as déjà réparé ton pot d'échappement...

— Oui, le garagiste a fait vite.

La petite amie de Nicolas nous fait un signe de tête et continue de taper un SMS.

— Désolé, me dit-il. Je n'ai pas pu assister à ta présentation au club Photo. J'avais plein de trucs à faire.

— Ce n'est pas grave, mais j'aurais bien aimé que tu sois là. Un visage connu, ça m'aurait aidée. Surtout au début !

— Est-ce que les canetons vont bien ? ajoute Nicolas.

— Le trois premiers que nous avons trouvés, oui. Mais celui que tu as ramené est mort le lendemain.

Nicolas a l'air triste. Sa petite amie lève enfin les yeux de son téléphone.

— Qu'est-ce qui se passe ?

— Un des canetons est mort, répète Nicolas.

— Oh, je suis désolée, dit-elle en lui tapotant le bras.

— Avez-vous réussi à savoir qui les avait laissés sur le parking ? nous demande-t-il.

— Non, répond Clément. Mais là, je suis en route pour les récupérer. Le docteur Macore a appelé ma mère ce matin. Elle dit qu'ils sont assez en forme pour quitter la clinique.

Déjà ? Mais je n'en savais rien !

— Cool ! s'écrie Nicolas. Je suis content qu'ils aillent chez vous.

— Ce n'est que provisoire. Mes parents réadaptent les animaux à la vie sauvage et, quand c'est impossible, ils leur trouvent un foyer. On ne peut pas les garder tous, on serait envahis !

Nicolas éclate de rire.

— J'imagine !

J'en profite pour lui dire que j'aimerais beaucoup que les réunions de notre club Environnement aient lieu au lycée plutôt qu'au collège.

— Je suis pour, dit-il. Tiens-moi au courant !

Clément tapote le volant.

— Bon, il faut qu'on aille chercher les canards,
dit-il. Tu n'auras qu'à venir les voir chez nous.
Ça te donnera l'occasion de voir notre centre.

— Super ! Je n'y suis pas allé depuis le CM1, en
sortie scolaire.

Clément et moi, on ne peut pas s'empêcher de
rire. Il semble que pas un seul élève des écoles de la
ville d'Ambler n'échappe à une visite du centre de
nos parents.

Notre père en a même fait un proverbe un peu
ridicule qu'il adore répéter quand il voit les cars
arriver : « Qui visitera le centre avant ses dix ans
protégera la nature longtemps ! »

Nicolas nous dit au revoir mais sa petite amie ne
quitte pas son téléphone des yeux. On remonte les
vitres et on accélère.

— Comment s'est passée ta présentation ? me
demande Clément.

— Plutôt bien, finalement…

Et je lui raconte tout. Il m'écoute en hochant la tête de temps en temps. À un moment, il dit quelque chose d'étonnant :

— Leurs réactions ne me surprennent pas, Isabelle. Les lycéens sont hyper égocentriques. J'étais comme eux, tu ne te souviens pas ?

Il l'est encore, je ne vais pas le lui dire alors qu'il est sympa de venir me chercher !

— Et toi ? C'était comment à la fac ?

Il m'explique, mais j'ai du mal à imaginer sa journée. Je sais qu'à l'université ils n'ont même pas de sonnerie pour indiquer la fin des cours. Ils peuvent aussi avoir un temps fou entre deux cours pour faire ce qu'ils veulent. Clément dit qu'il en profite pour étudier, ou pour manger. Ils ont un restaurant toujours ouvert à la place de la cantine. C'est tellement différent de mon collège…

— Clément, qu'est-ce que tu penses de mon idée de déplacer les réunions de notre club Environnement au lycée ? Est-ce que ça pourrait contrarier quelqu'un ?

— Pourquoi voudrais-tu que ça contrarie quelqu'un ?

C'est vrai. Après tout, ce n'est qu'un changement de lieu. Cela n'a rien d'extraordinaire.

Je n'ai pas fait attention au trajet, on se retrouve vite devant chez Doc'Mac.

— Il faut se dépêcher, dit Clément. J'ai beaucoup de travail à faire à la maison.

Je prends la caisse qu'il a posée sur un siège arrière et j'entre rapidement dans la clinique.

— Salut, Clément ! lance Zoé à l'accueil avec un grand sourire.

— Zoé ! Comment vas-tu ?

Zoé sourit encore davantage. Je vois bien que ça amuse mon frère.

— Super bien ! répond Zoé. Dis, Clément… tu m'aiderais à déplacer une bibliothèque dans le salon ?

— Tu ne peux pas le faire avec Doc'Mac ? dis-je.

— Grand-mère est occupée. Elle soigne un chat en ce moment. Alors, tu peux m'aider, Clément ?

— D'accord, si Isabelle nous aide aussi. Il faut faire vite.

— Non, non, on y va tous les deux, réplique Zoé. Grand-mère a sûrement besoin d'Isabelle.

Et elle sort de la salle d'attente en entraînant mon frère à l'instant où arrive sa cousine.

— Qu'est-ce qui se passe ? demande Sophie.

— Zoé a besoin d'aide pour déplacer une bibliothèque…

Sophie éclate de rire.

— Maintenant ? Ça fait des semaines qu'elle parle de réorganiser le salon. Ce n'était pas une urgence! Elle doit vouloir tester sur Clément une de ces horribles recettes bio qu'elle essaie de me faire avaler depuis des jours!

— Le pire, c'est qu'il pourrait aimer ça. Mais je crois qu'elle tente surtout d'attirer son attention.

— Qu'est-ce que tu veux? On ne changera pas Zoé! s'écrie Sophie.

Après un long silence où on ne se quitte pas des yeux, elle me dit:

— Grand-mère et Zoé ont trouvé que je m'étais trop énervée quand on a parlé du lycée. Et je pense qu'elles ont raison... Mais ça va être très dur pour moi là-bas. J'ai déjà des difficultés au collège.

— Faut pas que tu t'inquiètes, on y sera ensemble!

— Je sais, Isabelle.

— Ils organisent des cours de soutien, comme au collège! Clément y allait en espagnol. Et tu sais que je t'aiderai dès que je pourrai!

Sophie sourit.

— Merci, mais je ne suis toujours pas décidée à rejoindre leur club Nature.

Moi non plus, je n'ai encore rien décidé. Mais je me sens mieux car on en parle. Pour changer de sujet, je lui raconte ma présentation au club Photo. Et j'ajoute à la fin:

— D'ailleurs, j'ai annoncé aux lycéens qu'on

allait peut-être réunir chez eux notre club Environnement...

— Quoi? s'écrie Sophie.

D'un seul coup, elle est encore plus en colère
que la veille.

— Non, mais je rêve? Depuis quand tu décides
tout toute seule? Tu te prends pour notre chef?

Et avant que je puisse répondre, elle part,
furieuse. Heureusement, mon frère revient.

— Qu'est-ce qui s'est passé?

— Je crois que j'ai fait une sacrée bêtise...
Il me prend par l'épaule.

— Viens, Isabelle. On va retrouver Doc'Mac!

— Ah, vous êtes là, dit Clara en nous voyant
entrer dans la salle de convalescence.

Doc'Mac ausculte un chat gris aux reflets
argentés. Vu comme elle le manipule, je suis certaine qu'il est sous sédatif et ne ressent aucune
douleur.

— Quel magnifique chat! s'écrie mon frère.

— Bonjour, Clément, bonjour, Isabelle, dit
Doc'Mac. Il s'appelle Phoky. Ça lui va bien, non?
Elle bande sa patte arrière.

— Malheureusement, ce petit père semble pré-
férer se promener sur la route plutôt que sur la ban-
quise, continue Doc'Mac. C'est la deuxième fois

cette année que je dois soigner une de ses pattes cassée.

— Vous avez besoin d'aide, Doc'Mac?

— Non, je te remercie, Isabelle. Je serai à vous dans deux minutes.

Quand elle a terminé, Doc'Mac dépose délicatement le chat gris et soyeux dans une cage et l'entoure d'une couverture. Les chats adorent être emmitouflés. À peine installé, Phoky ferme les yeux.

Doc'Mac ôte ses gants et se lave les mains.

— J'ai expliqué à votre mère les soins dont les canetons ont besoin, dit-elle. Je ne me fais aucun souci, je sais qu'ils sont entre de bonnes mains! Votre mère sait sans doute mieux que moi s'occuper des canards.

Je dépose notre caisse sur la table métallique et soulève le couvercle. Doc'Mac attrape deux canetons et indique à Clément de prendre le dernier. Ils ont l'air minuscules dans la caisse. Avec leurs pieds palmés qui semblent disproportionnés, ils trébuchent et se bousculent. Ça les énerve d'être transportés, même celui que l'on trouvait trop calme. Je referme vite la caisse.

— Voici le sac de nourriture que j'ai entamé pour eux, dit Doc'Mac en le donnant à Clément. S'il vous en faut davantage, ça vient du magasin d'alimentation pour animaux d'Ambler. Si vous changez leur nourriture, il faudra y aller progressivement. Je suis certaine que vous allez très bien vous en occuper !

Clément porte la caisse au-dehors. Quand on rejoint la voiture, j'entends quelqu'un jouer au basket. Tap, tap, tap, tap… Quelqu'un qui dribble. Je ne la vois pas, mais je sais que c'est Sophie. Au bruit, elle ne tente pas de panier.

Elle dribble, encore et encore.

Tap, tap, tap, tap…

Chapitre 9

Quand nous arrivons à la maison, maman et Théo sont déjà dans la grange. Ils ont branché la lampe chauffante près du grand bac métallique qui va recevoir les canetons.

Dès que Clément les dépose sur les copeaux de bois, maman remplit les coupelles d'eau pour qu'ils boivent tout de suite.

— Regardez leurs petits becs, ils sont trop mignons! s'écrie Théo.

Je vais chercher mon appareil photo dans la voiture de Clément, pour immortaliser leur première journée chez nous. Quand je reviens dans la grange, ma mère et mes frères s'apprêtent à ressortir.

— Isabelle, tu peux les nourrir et veiller à ce que le bac reste propre? me demande maman. Clément a beaucoup de travail et je dois accompagner ton petit frère à l'école. Nous devons rencontrer sa maîtresse, ton père nous attend là-bas.

— Bien sûr!

— Tu es un amour!

Elle se penche pour ajouter tout bas:

— On ne rentrera pas directement après l'école, on emmènera Théo manger une glace.

Dès que j'approche de son perchoir, mon corbeau sautille sur mon épaule.

— Comment vas-tu, Edgar Poe? T'es en forme, mon petit vieux?

Il me picote l'oreille. Je ne me suis pas beaucoup occupée de lui ces dernières semaines et je suis contente de le retrouver.

Il reste posté sur mon épaule pendant que je travaille dans la grange. Même quand je me penche pour remplir les distributeurs d'eau, nettoyer les cages ou caresser les lapins. Méfiants, ils ne le quittent pas des yeux, mais ils ne tentent pas de bondir hors de mes bras. Je nourris les petites dindes et donne des épluchures à la tortue. Les canetons sont blottis les uns contre les autres, tout près de leurs coupelles d'eau. Je me penche pour mieux les observer, Edgar Poe a du mal à garder l'équilibre.

Ils dorment au chaud sous la lampe. Pour ne pas les déranger, je ne mets pas le flash pour les photographier. La journée a été assez dure comme ça pour eux. Changer brusquement d'habitat, c'est perturbant pour les animaux. Comme pour les humains.

C'est peut-être ça qui inquiète Sophie : l'idée qu'au lycée tout changera ! Ce n'est pourtant pas pour demain. Et les petits vétérinaires seront toujours ensemble. Je pense juste qu'on pourrait tenter de nouvelles actions avec quelques jeunes plus âgés que nous.

Je repose Edgar Poe sur son perchoir pour vérifier plus facilement les dernières cages. Cette grange est surpeuplée ! C'est incroyable, tant d'animaux abandonnés ! Il faut vraiment que je trouve une solution pour alléger le travail de mes parents.

À l'extérieur, je m'approche de l'enclos des renards. Normalement, à cette heure-là, ils jouent dehors. Mais je n'en vois aucun. Ils doivent être dans la petite cabane qui leur sert de tanière. Je décide de rentrer à la maison quand un éclat orangé attire mon regard. Oh non ! Un renardeau essaie de s'échapper par un trou dans la clôture ! Je me précipite vers lui. Si seulement j'avais des gants et quelqu'un pour m'aider! Mais je n'ai pas le choix, il faut que je l'attrape maintenant. Sinon il va s'enfuir et personne ne le retrouvera.

Je vois assez vite qu'il a profité d'un trou que j'avais fait pour passer l'objectif de mon appareil photo. Je n'ai pas dû le réparer comme il faut. Quand il me voit, le renardeau se tortille encore davantage. Il tombe sur le derrière, se retourne d'un bond et fonce dans la cabane. Ouf! Qu'est-ce que j'aurais fait s'il était retombé du mauvais côté de la clôture?

Je cours à la grange pour récupérer du matériel: des gants, une pince et une lampe torche. Cette fois, je répare correctement le grillage. Mais en me relevant, je réalise que le renardeau n'a peut-être pas été le seul à vouloir s'échapper.

Je sais qu'on ne doit jamais les laisser nous voir, mais je suis obligée d'enfreindre la règle! Il faut que j'aille les compter. Tout de suite. J'entre dans l'enclos et m'aplatis devant la cabane. J'allume ma lampe et la passe par la porte. Aussitôt, trois paires d'yeux brillent dans le noir. Il en manque un! Mon cœur bat soudain très vite dans ma poitrine. Comment vais-je le retrouver? Il commence à faire sombre. Où a-t-il pu aller? Tout ça à cause de moi! Pour un trou mal réparé dans la clôture, j'ai mis en danger la vie d'un renard! J'essaie de me calmer pour mieux réfléchir. Dans les bois tout près? Mais, même si je le voyais, comment l'attirer vers moi? Les fraises! Oui, les fraises! Ma mère m'a dit qu'ils se sont régalés quand elle leur en a donné. Je voudrais tellement que mes parents ou les petits vétérinaires soient là. Ou Doc'Mac, ou le docteur Gabriel. Je n'ai pas le temps de les appeler et de les attendre.

«Réfléchis, Isabelle, réfléchis...»

Le piège à raton laveur! Mes parents l'utilisent pour capturer les petits animaux blessés. Je sais qu'un renard sera plus difficile à attraper, mais je dois quand même essayer.

Les pièges sont rangés dans l'atelier de mon père. Je me dépêche d'aller en chercher deux et je cueille au passage une grosse poignée de fraises près de l'endroit où j'ai photographié les dinosaures de Théo. J'installe les pièges à la lisière du bois. Sur les plaques à l'intérieur, je place les fraises. Dès que le renard posera la patte dessus, la plaque déclenchera un fil qui refermera la trappe. J'ai toujours mon appareil photo autour du cou. Le rêve serait de prendre un piège en action...

Je m'éloigne de trois ou quatre mètres et m'accroupis dans l'ombre de l'atelier de mon père. J'attends. Très longtemps. J'ai des crampes dans les mollets et j'ai mal aux chevilles. La nuit est tombée, je peux à peine distinguer les pièges.

Quelle heure est-il? Cela doit faire plus d'une heure que je suis là, à guetter dans le noir. Si ça ne marche pas, il va falloir que je passe au plan B. Et le plan B, c'est téléphoner à mes parents. Ils seront furieux contre moi. On est censés sauver les animaux et, moi, j'ai mis en danger un petit renard.

Soudain, j'entends un déclic! Je bondis et me précipite vers un piège. Un autre déclic! Est-ce que j'ai mal compté? Est-ce que deux renards se sont échappés?

Je m'approche lentement. Le faisceau de ma lampe balaie le premier piège... Le renardeau! Mais qui est dans l'autre?

Oh, oh! C'est une moufette rayée... J'ai attrapé deux animaux en même temps! Maintenant, ça va se compliquer. Le renard est entre moi et la moufette. Si elle m'asperge de sa sécrétion puante, le renardeau sera sur la trajectoire. Il faut que je la contourne. Et que je ne l'effraie pas. Je vais devoir rejoindre la trappe en rampant sur les racines et les cailloux, ça risque de faire mal. Tant pis! Je fais un grand tour par le bois et, dès que je suis trop près, je m'allonge. Heureusement, j'ai des gants, mais mes genoux sont tout griffés! Le piège du renard n'est plus très loin. Mon visage traverse une toile d'araignée. Tout à coup, j'aperçois quelque chose de blanc sur ma gauche. Un, deux, trois... quatre bébés mouffettes! C'est de pire en pire. On dirait que j'ai capturé leur mère. Est-ce que les petits peuvent asperger aussi? J'y réfléchirai plus tard.

Je rampe encore sur un mètre et j'attrape la poignée du piège du renard.

Je le tiens loin de moi, mais il s'agite comme un fou. Je ne sais pas s'il se gratte ou s'il essaie de me mordre. Je me dépêche d'aller le libérer dans son enclos. La renarde reste dans la cabane, mais je l'entends grogner.

J'ai rattrapé le renardeau. Un problème résolu! Il me reste à libérer la mouffette. Et vite! Ses petits risquent leur vie sans elle. Le plus difficile, c'est d'ouvrir le piège sans qu'elle m'asperge.

Si j'y arrive, je ne serai pas obligée de tout raconter à mes parents ce soir. Mais quand je contourne à nouveau l'atelier de mon père, j'aperçois les phares de leur voiture. Quelle cata! À quelques minutes près...

Je n'ai plus le choix, je vais à pas traînants rejoindre ma famille. Théo rentre à la maison et j'explique à mes parents ce qui s'est passé. Je leur montre aussi le grillage à l'endroit où j'avais mal réparé le trou.

— Tu es bien certaine que le renardeau est dans la cabane ? demande mon père.

— Oh, oui.

— Et tu as pris au piège une mère moufette ? me fait répéter ma mère d'un ton sévère.

— Je ne l'ai pas fait exprès, mais oui.

Je la suis sans rien dire dans la maison pendant que mon père va s'équiper avec un masque et un habit de protection pour libérer la moufette.

— Assieds-toi, me dit ma mère quand nous entrons dans la cuisine. Si j'ai bien compris, Isabelle… tu as cisaillé la clôture pour prendre des photos. Et ça ne t'est pas venu à l'esprit de demander avant si tu en avais le droit ?

— Je pensais que je pouvais, du moment que je réparais. Et…

— Et quoi ? insiste ma mère.

— Et… je suppose que je ne voulais pas demander parce que vous auriez refusé.

— Isabelle ! s'écrie-t-elle en levant les bras. Mais quel âge as-tu ? Je te pensais beaucoup plus responsable que ça !

— Je suis désolée.

Maman s'assied à la table de la cuisine et soupire.

— Tu seras sans doute punie, Isabelle. Je vais en

parler avec ton père dès qu'il reviendra. En attendant, monte te coucher !

— J'ai encore du travail à faire pour mon exposé
de demain en S.V.T.

— Alors monte le terminer, répond ma mère
d'un ton sec.

Un peu plus tard, quand j'entends mon père
revenir, je vais humer l'air dans le couloir. Il n'a
pas dû être aspergé, je le sentirais de ma chambre.

Je retourne travailler devant mon ordinateur.
J'ai l'estomac noué jusqu'à ce que ma mère entre.

— Ton père dit qu'il te montrera comment
réparer correctement les grillages, annonce-t-elle.
Il t'autorise à percer les clôtures puisque c'est pour
prendre de très bonnes photos. Mais je compte sur
toi pour veiller à ce qu'une telle catastrophe ne se
reproduise pas.

— Je vais faire super attention, maman !

Elle hésite un instant et elle me prend dans ses
bras pour m'embrasser.

Je retourne à mon exposé et travaille d'arrache-
pied. Après mes recherches, je dois préparer une
affiche. Si je n'avais pas bêtement dit à David de se
débrouiller tout seul pour la sienne, j'aurais pu lui
demander de l'aide. Et il est trop tard pour appeler
Sophie.

Sans m'en rendre compte, je travaille pendant des

heures. Quand il s'agit de sauver des animaux, je m'implique tellement que je ne sais plus m'arrêter !

Les gens sont fous. En plus de ceux qui achètent et abandonnent les poussins, les canetons et les lapins, il y a ceux qui les teignent ! Ils vaporisent de la teinture sur des petits animaux âgés de quelques heures ! Certains injectent même des colorants dans les œufs avant l'éclosion des poussins ! Les produits ne sont prétendument pas toxiques. Peu importe, les animaux ne sont pas là pour la déco ! S'ils veulent des jolies couleurs à Pâques, ils n'ont qu'à colorer des coquilles d'œufs. On ne traite pas des êtres vivants comme des jouets.

Je repense aux lapins teints en rose et en violet du magasin de produits alimentaires. Maintenant, je sais ce que je vais faire pour eux.

Mon affiche terminée, il faut encore que je rédige mon exposé. Je l'imprime et j'accroche quelques photos de lapins et de poussins teints sur mon affiche. Je transfère dans l'ordi les photos que j'ai prises des canetons, mais je ne pense pas en avoir besoin. J'ai assez de documents.

Quand tout est prêt, je jette un œil à mon réveil. Une heure du matin ! Si mes parents le savaient, j'aurais de gros ennuis !

Le lendemain matin, Sophie évite mon regard quand elle me voit entrer en cours de S.V.T. avec mon affiche et mon exposé. Je les apporte tout de suite à M. Schuller.

— Isabelle ! s'écrie-t-il. Tu avais parlé d'un bref exposé. À voir l'épaisseur de ton document, cela prendrait toute l'heure. On ne peut pas y consacrer autant de temps.

— Désolée, monsieur. Je crois que je me suis laissé emporter par le sujet.

Il hoche la tête en prenant mon affiche.

— C'est du très bon travail, Isabelle. Mais tu vas devoir raccourcir ton exposé. Je te donne dix minutes maximum !

Je feuillette mon texte pour choisir ce que je peux laisser de côté. M. Schuller m'a prêté un surligneur et je travaille très vite pendant qu'il explique à la classe le prochain concours de fabrication de robots organisé par le collège.

Je vais garder le passage sur les canetons qui ont absolument besoin d'eau… celui sur les lapins achetés comme animaux de compagnie puis abandonnés dans la nature où ils ne peuvent pas survivre… et celui sur les animaux teints pour les fêtes de Pâques.

Toute la classe, même Sophie, est passionnée par l'exposé. Quand je termine, tout le monde applaudit.

— Bravo, Isabelle! dit M. Schuller.

— Merci, monsieur. Est-ce qu'à votre avis je pourrais présenter cet exposé au lycée? David Brack, Clara Patel et Zoé Macore ont aussi préparé des affiches. Et peut-être que Sophie aussi.

Je jette un coup d'œil derrière moi. Sophie m'a entendue dire son prénom, mais elle ne regarde pas dans ma direction.

— Nous pourrions les montrer pendant les cours de biologie?

— L'idée est intéressante, répond M. Schuller. Je vais en discuter avec quelques collègues du lycée!

Moi, je comptais en parler à tous mes amis pendant le déjeuner. Mais dès que j'arrive à la cantine, je vois que Sophie n'est pas là. Elle multiplie les efforts pour m'éviter. Clara est toujours plongée dans son livre. Elle me fait un signe de tête quand je m'assieds et reprend aussitôt sa lecture en picorant des bâtons de céleri.

David papote avec son copain Bruce à la table juste derrière lui. La table de Bruce est toujours la plus bruyante de la cantine! Et que David soit à côté de lui ne l'empêche pas de hurler.

— Tu as vu l'exposé d'Isabelle? crie Bruce qui est dans mon cours de S.V.T.

— Non, répond David en équilibre sur sa chaise. Je parie qu'il était très bien !

C'est un des super bons côtés de David. Cela ne le gêne pas du tout de s'asseoir à une table occupée par des filles à la cantine. Y compris quand il est avec ses copains. Il se comporte toujours de la même façon avec nous, les petits vétérinaires. Peu importe où il est et avec qui il est, David reste David.

— Oui, c'était génial ! hurle encore Bruce. Surtout le passage sur la teinture des poussins. Hein, Isabelle, c'est dingue, ce truc ?

Et Bruce reste Bruce.

— Oui, merci, Bruce, dis-je d'une voix monocorde. Contente que ça t'ait intéressé.

David se rapproche aussitôt de moi et plisse le front.

— Qu'est-ce que c'est que cette histoire ? demande-t-il. Ils teignent les poussins aussi ?

— Oui, comme les lapins qu'on a vus.

C'est à ce moment que nous rejoignent Zoé et Sophie. Cette dernière ne me regarde pas, mais elle pose son plateau et s'assied à notre table. C'est déjà un bon début.

— C'est une blague ! s'écrie Zoé. Ils teignent les animaux ? Mais c'est légal, une horreur pareille ?

— Cela dépend des pays, dis-je. Et aux États-Unis, cela dépend des États. En Pennsylvanie, malheureusement, oui. David et moi, on a vu des lapins teints au magasin d'aliments d'Ambler.

— En rose et en violet ! précise David.

— Mais on peut faire quelque chose ! dis-je encore. J'ai proposé à M. Schuller qu'on aille refaire des exposés là-dessus au lycée. En classe de sciences, par exemple.

— Tu recommences à vouloir nous envoyer là-bas ? s'exclame Sophie. Quand est-ce que tu vas comprendre que personne ne veut y aller ?

Elle regarde David comme pour l'empêcher de la contredire. Il hausse les épaules, se balance à nouveau sur sa chaise et demande à Bruce s'il peut lui donner une banane.

— Moi, je veux bien aller au lycée si ça peut servir la cause des animaux, répond Zoé avec un sourire.

Sophie jette un regard noir à sa cousine et ajoute très vite :

— En tout cas, Clara n'ira pas !

Alors je réplique aussi sec :

— C'est à elle de décider !

Mais Clara a toujours le nez dans son livre. Elle lève les yeux et nous regarde avec l'air de ne pas comprendre du tout ce qui se passe.

Je prends une grande inspiration. Cela n'avancera à rien de m'énerver.

— Il n'y a pas de quoi être aussi nerveux à propos du lycée. Les élèves sont exactement comme nous. Sauf qu'ils sont plus vieux et que les gens à convaincre les écouteront sans doute davantage.

Je me tourne vers David.

— Tu te souviens de ce qui s'est passé quand nous avons fait le tour des magasins ?

Il hoche la tête.

— Si nous avions eu des lycéens avec nous, ils nous auraient pris plus au sérieux. On serait plus forts pour lutter contre l'abandon des animaux. Je parie que Nicolas du club Nature serait tout de suite d'accord pour nous aider ! Et je pense aussi qu'il faut faire nos réunions là-bas ! Les salles sont plus grandes et c'est la seule façon d'attirer les élèves du lycée.

Je regarde David avec insistance pour qu'il renchérisse, mais il n'ajoute rien. Ni pour ni contre. Clara a l'air ahurie. Sophie fixe son plateau. Zoé est silencieuse, beaucoup trop silencieuse.

C'est à ce moment que M. Schuller s'arrête à notre table.

— Ça y est, Isabelle ! J'ai eu le feu vert pour vos exposés ! On reparlera des détails plus tard, dit-il avant de s'éloigner.

— Je ne comprends pas ta nouvelle passion pour le lycée, me dit Clara.

— Isabelle préfère cent fois passer son temps avec des élèves plus vieux, c'est tout, réplique Sophie. Elle en a marre des gamins comme nous.

— Oui, ajoute plus bas Zoé. On dirait qu'on n'est plus assez bien pour elle.

À la fin des cours, je n'ai plus envie de voir mes amis. Je décide d'assister à la réunion du club Nature. Je ne devrais peut-être pas m'y rendre sans y avoir été invitée. Nicolas ne sait pas si j'ai le droit d'y aller en étant au collège, parce que la question ne s'est jamais posée. J'arriverai peut-être à convaincre le prof responsable de m'accepter. C'est un club, pas une classe !

Je cours jusqu'au lycée, mais je pile devant leur salle de réunion. Raté ! Une affichette sur la porte rappelle l'emplacement du car qui les emmène en sortie ce jour-là.

Maintenant que je suis là, je vais aller faire un tour au club Photo. Leur prof à eux saura peut-être comment on s'y prend pour s'inscrire.

Je me glisse dans la salle et je choisis une place tout près de la porte. Mais je suis à peine assise que la professeur remonte l'allée pour venir vers moi.

— Vous êtes Isabelle, n'est-ce pas ? Pourquoi êtes-vous ici ?

Avant que j'aie pu répondre, un lycéen rigole.

— On fait du baby-sitting aujourd'hui ?

— J'espère qu'on n'est pas censés changer ses couches ? lance une fille.

Je me sens rougir d'un seul coup.

La prof m'entraîne dans le couloir et me dit :

— Vous aviez peut-être oublié quelque chose ?

Je suis tellement gênée que je bafouille.

— Non, non… J'ai… juste pensé que je pouvais revenir…

— C'est impossible, répond-elle. Hier, vous étiez invitée. Mais vous ne pouvez pas faire irruption quand bon vous semble ! Les clubs sont réservés à nos lycéens. Vous reviendrez dans quelques années !

Elle a un sourire aimable, mais son regard est assez sévère. Le pire, c'est que la porte est restée grande ouverte, les élèves ont tout entendu.

Je n'ai jamais eu aussi honte de toute ma vie.

En partant, j'entends un garçon crier :

— Bon retour à la maternelle !

Passé les portes du lycée, je prends la direction opposée à ma maison et je cours. Je ne vais pas me laisser abattre ! Je vais tenter un truc qui va scotcher les lycéens du club Nature. Un truc pas de mon âge pour les impressionner. Ils sont beaucoup plus sympas que ceux du club Photo. Quand ils sauront ce que j'ai fait, ils m'accepteront illico !

Et je fonce au magasin d'aliments pour animaux. J'emprunte à grands pas l'allée vers les cages où sont enfermés les lapins teints. J'observe la serrure quand j'entends une voix familière :

— Isabelle ! Qu'est-ce que tu fais là ?

C'est David ! Derrière lui, son père parle avec le directeur du magasin.

— Je vais libérer ces lapins, dis-je tout bas.

— Mais où tu veux qu'ils aillent ?

— Chez nous ! Au centre de réhabilitation.

— Pour quoi faire ?

— Je ne sais pas. On leur trouvera des familles comme aux autres.

David me regarde comme si je le décevais.

— En gros, tu es en train de les voler, c'est ça ?

— Ce n'est pas du vol si c'est pour leur offrir une meilleure vie.

— Comment tu sais qu'ils ne seront pas mieux avec les gens qui les ont déjà achetés ? insiste David.

Et là seulement, je remarque qu'il y a écrit «Vendu» sur l'étiquette devant la cage.

Je pousse un énorme soupir. Si même David est plus raisonnable et plus logique que moi, alors il est temps que je rentre chez moi.

— Je ne sais pas ce qui m'a pris... Tu ne le diras à personne, David?

— T'inquiète! Motus et bouche cousue. On rentre bientôt: mon père peut te déposer en voiture, si tu veux. Il en a pour une minute.

Rouge de honte, j'évite de croiser le regard du directeur du magasin et attends la fin de sa discussion avec le père de David.

Chapitre 10

Je passe l'après-midi à la maison avec mon corbeau, les lapins et les canetons. Edgar Poe est le meilleur des confidents. Je me sens mieux aussitôt que je suis avec lui.

— Si tu savais comme tout va mal, Edgar Poe ! Sophie et Zoé sont persuadées que je vais abandonner les petits vétérinaires dès que je serai au lycée, j'ai failli voler des lapins et les clubs de lycéens ne veulent pas de moi…

J'ai le cœur serré, et une terrible envie de pleurer.

Je donne une graine de tournesol à mon corbeau. J'en ai toujours dans la poche. Il la picore et enfouit sa tête dans ma main en espérant en trouver d'autres. Moi aussi, j'en grignote quelques-unes.

— Toi, tu le sais, que je ne suis pas une voleuse, hein ? Et que je ne lâcherai jamais les petits vétérinaires ! Ce n'est pas parce qu'on a de nouveaux amis qu'on abandonne les anciens ! Je voulais simplement rassembler tout le monde.

Edgar Poe penche la tête et me regarde. Est-ce qu'il est d'accord ?

Il s'écarte en sautillant sur mon épaule. Je ne suis pas sûre de l'avoir convaincu.

Il est temps de m'occuper des canetons. Je prends une petite pelle pour nettoyer les copeaux de bois au fond de leur bac. Ils s'enfuient dès qu'ils la voient. Mais quand j'ajoute des copeaux propres, ils accourent tous les trois en se dandinant.

— C'est plus agréable quand ça sent bon, hein ? Et aussitôt, ils crottent !

— OK, ça n'aura pas duré…

Je repose Edgar Poe sur son perchoir et je lui donne davantage de graines. J'en profite pour le prendre en photo. Qu'est-ce qu'il est beau ! Je suis obligée de le laisser dans la grange. Je veux aussi photographier les renards, et mon corbeau n'aura jamais la patience de rester immobile pendant que j'attendrai la bonne lumière et la bonne pose.

Les renardeaux sont sortis de leur cabane et courent après quelque chose, une souris peut-être. Ils bondissent et se roulent dans l'herbe. Je vais faire une photo géniale ! Mais il n'y a pas de trous de ce côté du grillage. Je cours chercher une pince dans l'atelier de mon père, je coupe quatre fils et je glisse mon objectif. Je mitraille les renardeaux, qui poursuivent la souris comme des fous. Ils ne semblent pas vouloir la tuer, seulement jouer.

Épuisés de sauter dans tous les sens, ils finissent par s'allonger. Pendant vingt longues minutes, il ne se passe rien. Rien de rien. Mais ça ne me gêne pas d'attendre. Je suis devenue patiente quand il s'agit de prendre de bonnes photos. Enfin, un petit renard en pousse un autre du bout de la patte. Son frère se venge et le bouscule. Bientôt, c'est la bagarre générale ! C'est à qui attrapera l'oreille de l'autre ! Ils bondissent les uns par-dessus les autres comme s'ils avaient des ressorts au bout des pattes. Si j'ai bien réglé la vitesse d'obturation, mes photos vont être géniales ! Leur fourrure cuivrée est magnifique dans le soleil de fin d'après-midi.

Après deux heures d'observation, je pose mon appareil et commence à réparer la clôture comme mon père me l'a montré. Mais quand j'ouvre le tiroir de l'atelier où il range le fil de fer, la bobine est vide. J'improvise une réparation avec quelques ficelles et je demande à Clément de s'occuper d'acheter du fil à la quincaillerie.

Il accepte en rouspétant. Il doit aussi me déposer à la clinique ce soir. Tous les petits vétérinaires apportent leurs idées pour lutter contre l'abandon d'animaux. Je suis un peu inquiète. Les dernières que j'ai eues n'ont pas plu à tout le monde...

Une fois dans la voiture, je raconte à mon frère mes problèmes avec mes amis.

— Pourquoi sont-ils fâchés? Tu les as rendus jaloux? demande-t-il.

— Jaloux? Mais non! C'est seulement qu'en ce moment ils ne me comprennent pas. Depuis que je suis allée au lycée et que je veux qu'on déplace nos réunions là-bas, ils s'imaginent que je les laisse tomber.

Clément ralentit à un carrefour. Il regarde à gauche, à droite, puis reprend sa route.

— Et tu les laisses tomber ou pas?

— Bien sûr que non! Je n'empêche personne de venir avec moi.

J'aime bien parler avec mon frère. Avec un peu de chance, il m'aidera à trouver les bons mots pour expliquer à Sophie et Zoé que je n'ai rien contre elles.

— Je trouve le collège très ennuyeux, dis-je. Tu

devais être super heureux d'entrer au lycée, non ? Je crois que c'est ça la différence avec mes amis. Moi, j'ai hâte d'y être et, eux, pas du tout !

— Mais, Isabelle, tu n'es pas près d'y aller, me répond-il. Pourquoi tu ne parles que de ça tout à coup ? Il n'y a pas d'urgence !

— Tu parles comme Sophie !

— Le lycée n'est pas l'endroit magique que tu crois, reprend mon frère. Tu ne deviendras pas adulte en franchissant ses portes. Et puis c'est plus stressant que tu ne penses. Beaucoup plus stressant que le collège. Le jour où tu es allée au club Photo, tu n'étais pas nerveuse, peut-être ?

— Parce que je ne connaissais pas.

J'évite quand même de lui parler de mon expérience du jour. C'est trop gênant.

— Si j'ai bien compris, ils n'ont pas tous été très sympas avec toi…, insiste Clément. N'idéalise pas les lycéens ! En tout cas, il faut que tu parles avec tes amis ce soir, le malentendu a assez duré.

Nous arrivons peu après sur le parking de la clinique, au moment où la mère de Clara en sort. Ses enfants, à l'arrière, agitent la main pour nous saluer.

— Merci, Clément, dis-je en sortant.

— Bonne chance, Isabelle ! me répond mon

frère. Ne t'inquiète pas, je m'occupe de trouver le fil de fer.

Enfin quelqu'un qui me soutient!

Dans la salle d'attente, deux enfants jouent avec un jeune chiot, un terrier au pelage blond comme les blés. Leur mère a lâché sa laisse pour qu'il s'amuse. Le chiot court sans cesse des enfants à Samuel et Julie, assis par terre. Sophie s'est levée quand je suis entrée, mais elle ne me dit pas un mot. Elle claque des doigts au-dessus de la tête du chiot. Il saute très haut pour lui lécher la main sous les cris de joie des garçons. Aussitôt, l'un d'eux claque de la langue pour attirer le chiot. Il bondit et lui lèche bruyamment la joue. Son petit frère rit tellement qu'il tombe par terre. La laisse s'emmêle autour de sa main et, quand le chien fonce à nouveau vers Julie, elle serre brutalement ses doigts. Le petit garçon pousse un cri strident juste au moment où Doc'Mac entre pour recevoir la famille.

La mère observe la main de son fils.

— Ce n'est rien, Malik! Ce n'est qu'une égratignure.

— Mais je saigne! s'exclame le petit.

— Sophie et Isabelle vont te mettre un pansement, le rassure Doc'Mac. Les filles... vous le soignerez dans la salle de consultation du docteur Gabriel, retrouvez-nous ensuite dans la mienne.

Doc'Mac n'attend pas de réponse, elle saisit la laisse et emmène le chiot.

Avant de la suivre, la mère de Malik a une seconde d'hésitation. Elle nous regarde puis décide qu'elle peut nous faire confiance.

Malik ne pleure plus, mais il a l'air moins rassuré que sa mère.

— Ne t'inquiète pas, lui dit Sophie en le faisant entrer dans la salle de consultation. Dis-moi… Tu sais qu'à la clinique nous soignons plein d'animaux différents ? Des chiots et des chatons et… nous avons déjà eu un serpent !

Les yeux de l'enfant deviennent tout ronds.

Sophie se lave les mains, enfile des gants et me fait signe de faire comme elle. Comme si je ne le savais pas !

— Est-ce que tu sais aboyer comme les chiots ? demande-t-elle encore à Malik.

— Oui ! Ouaf ! Ouaf !

— Oh, non… pas si fort. Comme un tout petit chiot ! Essaie encore…

Pendant qu'il recommence, Sophie en profite pour rincer sa main avec de l'eau stérile.

— Voilà, c'est propre !

Dans la tousse de premiers soins, je prends une pommade antibactérienne et un pansement.

— Maintenant, Malik, essaie d'imiter un chaton, dit Sophie. Un minuscule, hein ?

— Miaouuuuu…, murmure le petit garçon pendant que je place le pansement.

— Bravo, lui dit Sophie. C'est exactement ça, un cri de chaton !

Malik sourit, mais ajoute :

— Il est moche, ton pansement. Il n'est pas rigolo.

— Attends une seconde, dis-je. J'ai quelque chose qui devrait te plaire…

D'un tiroir, je sors une feuille avec des autocollants.

— Choisis celui que tu veux et prends-en un pour ton frère !

Le petit est tout content. Et Sophie me sourit.

— Trop beau ! s'écrie Malik en attrapant la feuille.

Il suit Sophie pour retrouver sa famille et Doc'Mac pendant que je désinfecte la table où nous l'avons soigné. Tout doit toujours être stérile pour le prochain patient.

Sophie revient avec Zoé, qui ferme la porte derrière elles.

— Il faut qu'on parle, Isabelle…

Ces mots-là n'annoncent jamais rien de bon. Sophie est très mal à l'aise. On dirait qu'elle va se mettre à pleurer. Elle me souriait pourtant, il n'y a pas cinq minutes. Zoé nous regarde l'une après l'autre.

— Je veux d'abord dire que je suis désolée de t'avoir évitée ces derniers jours, commence Sophie. J'étais très en colère. Et j'avais de la peine.

Je veux répondre, mais elle lève la main pour que je la laisse parler.

— On forme une super équipe. Pourquoi tu veux casser tout ça ?

— Mais, Sophie, pourquoi tu imagines un truc pareil ? Je ne veux rien casser ! Je voulais seulement rencontrer des lycéens, ça ne change rien entre nous.

J'essaie de rester calme et choisis mes mots avec soin :

— Je veux que tout soit comme avant, je te le jure ! Je n'ai jamais eu de meilleurs amis que les petits vétérinaires. Et j'adore être bénévole à la clinique !

— Pourtant, j'ai vraiment cru que tu te lassais de nous, insiste Sophie, et sa cousine hoche la tête.

Elle aussi, on dirait qu'elle a envie de pleurer.

— Jamais ! Jamais, je ne vous laisserai tomber !

— Tu le promets ?

— Oui ! J'ai juste dit que j'aimerais déjà être au lycée, avoir un job et voyager. À vous aussi, certains lycéens vous plairaient si vous les connaissiez.

— Sauf ceux qui veulent me piquer ma meilleure amie, dit Sophie.

— Aucune chance !

— Et moi, je compte pour du beurre ? demande Zoé.

— Toi, t'es ma cousine préférée, répond Sophie en passant le bras autour de ses épaules.

Chapitre 11

Pendant que Doc'Mac reçoit le chiot en consultation, les petits vétérinaires font et refont des plans de bataille. Elle nous rejoint dès que la famille quitte la clinique.

— Excusez-moi, cela a pris plus longtemps que prévu, dit-elle. C'était leur première visite et ils avaient beaucoup de questions. Si j'avais su, je vous aurais demandé de venir un peu plus tard.

Elle nous regarde, tous assis sur le sol ou dans les fauteuils de la salle d'attente.

— Ai-je raté quelque chose ? demande-t-elle.

— On avait parlé de faire des exposés au lycée, mais, finalement, on laisse tomber. On préfère lancer une grande journée de sensibilisation, explique Clara.

— On va l'organiser au centre de réhabilitation de mes parents, dis-je. On pourra montrer les animaux. Cela sera beaucoup plus efficace pour informer les gens sur l'abandon.

— Tes parents sont d'accord ? demande Doc'Mac.

— Je ne leur en ai pas encore parlé. Nous venons d'avoir l'idée.

— Nous pourrions emmener au centre les lapins qui sont à la clinique, propose Julie. Ça leur donnera une chance d'être adoptés.

— Surtout si on prévient à l'avance que, durant la journée, les adoptions sont possibles ! ajoute Clara. Il faut que les gens aient le temps d'y réfléchir. Une adoption, c'est sérieux, ça ne se décide pas sur un coup de tête !

— Et si nous appelions le refuge d'Ambler ? dit David. Ça pourrait les intéresser aussi. Et les commerçants qui vendent ces animaux ? Cela pourrait les faire changer d'avis.

David est surprenant. Même s'il semble toujours prêt à faire l'idiot, il a des idées fantastiques.

— Votre projet est formidable, dit Doc'Mac. Mais vous aurez beaucoup de travail pour le mettre au point. Isabelle… tu devrais commencer par en parler à tes parents.

— J'y vais tout de suite !

L'occasion est parfaite pour leur montrer que je ne suis pas « irresponsable », comme ils l'ont pensé.

Quatre semaines plus tard, par une magnifique journée ensoleillée, le centre de réhabilitation pour animaux sauvages ouvre ses portes au public.

Mon corbeau sur l'épaule, je vérifie tous les stands, un carnet à la main. J'ai noté le planning en détail.

Soudain, j'aperçois une journaliste qui s'avance vers moi. Elle porte un grand sac et un petit bloc-notes.

— Vous êtes Isabelle Rémy ? demande-t-elle en souriant. Je suis Viviane Michel, du *Montgomery Gazette*. J'ai rencontré votre père sur le parking, il m'a indiqué comment vous trouver si je voulais des informations. « La jeune fille avec un corbeau sur l'épaule », m'a-t-il dit… je ne pouvais pas vous rater !

— Bonjour ! Qu'est-ce que vous voulez savoir ?

— D'abord… pourquoi avez-vous un corbeau sur l'épaule ? plaisante-t-elle. Non, j'aimerais visiter le centre et vous poser quelques questions.

— Alors, nous pouvons commencer par le stand des lapins…

C'est Julie et Clara qui s'en occupent. Elles ont dressé une toile de tente pour protéger les cages du soleil. Julie a posé le lapin tête de lion sur une botte de paille. Clara caresse le petit noir qui avait été abandonné devant la clinique de Doc'Mac sous les yeux de deux enfants ravis.

— Julie, Clara… je vous présente Viviane Michel qui est journaliste !

— Bonjour…

— Que pouvez-vous me dire à propos de ces lapins ?

Julie et Clara se regardent sans répondre. Aucune ne sait quoi dire.

— Julie… tu pourrais peut-être raconter d'où ils viennent, dis-je très vite.

Pendant qu'elle explique comment ont été abandonnés les lapins, Clara montre aux enfants comment les caresser. Toutes les deux ont préparé des documents à donner aux personnes qui souhaitent les adopter. Clara tend un prospectus à la mère des enfants, qui a conduit plus d'une heure pour venir au centre.

— Vous avez d'autres questions sur les lapins ? demande Clara à la jeune femme.

— Non, vous avez répondu à tout ! Et j'ai déjà eu des lapins dans mon enfance. J'ai apporté une cage, ajoute-t-elle. Mes enfants sont très impatients !

Elle pose ses mains sur leurs épaules pour tenter de les calmer un peu. Clara lui présente un à un tous les lapins adoptables.

J'écoute alors la conversation de Julie avec la journaliste.

— Je n'imaginais pas que les gens se débarrassaient comme ça des lapins ! s'écrie Viviane Michel, horrifiée.

Julie lui montre son affiche et celle de David. Il a trouvé beaucoup d'infos intéressantes, mais, sur son dessin, le lapin ressemble à un petit cochon.

— Isabelle, j'ai pris suffisamment de notes, dit la journaliste. On peut continuer la visite.

Je l'emmène voir les renards. Mon père a construit une haute palissade provisoire pour les protéger des visiteurs et Clément a percé quelques trous. On peut les voir sans être vu ! Posté près de l'enclos, mon frère guide les visiteurs. Il leur prête des jumelles et leur explique tout ce qu'il y a à savoir : pourquoi ils sont là, quand et comment nous les relâcherons.

Une vingtaine de personnes l'écoutent et attendent leur tour pour utiliser les jumelles. Clément a pensé à tout : il a construit une petite estrade pour les enfants.

Je conduis ensuite la journaliste dans la grange. Ma mère est en train d'expliquer à une famille le fonctionnement du centre. Elle distribue aussi un document où ils peuvent trouver nos coordonnées s'ils veulent faire un don, du bénévolat ou s'ils souhaitent adopter un lapin.

Dès qu'elle a terminé, je la présente à Viviane Michel.

— Ravie de vous rencontrer, dit maman. Je peux prendre le relais et poursuivre la visite. Isabelle doit aller se préparer pour sa petite conférence.

Je pars vite retrouver Sophie. Il ne nous reste plus beaucoup de temps avant de parler devant le public. En courant, je passe près de Théo. Autour de lui, un groupe d'enfants admirent ses dinosaures de papier. Ça n'aurait pas été une vraie journée consacrée aux animaux si on avait oublié ses dimétrodons ! Tout près, Samuel et un lycéen que j'ai déjà vu au club Nature sont installés à une table de pique-nique. Ils aident les enfants à fabriquer des origamis de poussins, de canards et de lapins. Théo s'occupera des dinosaures, bien sûr.

Un peu plus loin, le refuge d'Ambler occupe un stand. Leurs bénévoles ont monté une tente. Ils expliquent aux visiteurs le fonctionnement du refuge et leur montrent les photos des chats et des chiens adoptables en ce moment. Plus tôt dans la journée, je suis allée les voir. Un instant, j'ai pensé leur proposer mes services. Les animaux auraient plus de chances d'être adoptés avec de meilleures photos. Mais j'ai déjà beaucoup de travail avec la clinique et le club Environnement. Je ne peux pas tout faire, il faut que je choisisse.

Et que je garde aussi du temps pour mes amis.

Alors, une autre idée m'est venue. C'est au club Photo du lycée qu'il faudrait demander de s'en occuper. Mais ils n'ont vraiment pas été sympas avec moi et je n'ai pas très envie de leur en parler. Peut-être que Nicolas s'en occupera pour moi.

Face à l'atelier de mon père, le club Nature a monté un stand de restauration : boissons, gâteaux… et, même si c'est un peu bizarre, asperges grillées. Une idée de Zoé, évidemment. Elle a toujours en tête de faire manger de la nourriture saine à tout le monde. Elle travaille sur le stand avec le docteur Gabriel, Nicolas et sa petite amie.

— Hé, Isabelle ! Tu es contente ? Il y a un monde fou ! lance Nicolas.

Sa copine décolle les yeux de son portable.

— Oui, c'est super !

— Je suis d'astreinte aujourd'hui, m'explique le docteur Gabriel, mais je vais rester tant qu'on ne m'appelle pas pour une urgence.

Puis il reprend sa conversation avec Nicolas.

— Zoé, tu sais où est Sophie ?

— Non, la dernière fois que je l'ai vue, c'est quand on a mis en place la piscine pour les canards. Elle y est peut-être encore.

Et elle se retourne précipitamment pour aider un des lycéens à tourner les asperges sur le barbecue. Je hoche la tête et j'aperçois enfin Sophie qui parle avec plusieurs adultes. Je reconnais M. Kurt, le directeur du magasin d'aliments pour animaux, à côté d'un autre homme.

— Isabelle, voici M. Morris, dit Sophie. Il dirige le magasin de machines agricoles.

Je lui serre la main. Mais je trouve qu'il me regarde bizarrement. Aussitôt, je comprends : j'oublie toujours qu'Edgar Poe est perché sur mon épaule !

— Vous n'êtes pas habitué à voir des corbeaux apprivoisés ?

— Pas vraiment, mais il est magnifique, me répond M. Morris en reculant avec prudence.

— Je vous ai déjà vue, non ? me demande M. Kurt. Oui ! Vous êtes venue dans mon magasin avec un jeune garçon blagueur.

— Oui, monsieur, il y a quelques jours.

— J'aime bien ce jeune, je le vois souvent avec son père.

— Je vous remercie beaucoup d'avoir accepté notre invitation, dis-je, mais Sophie et moi devons commencer notre petite conférence. Si vous voulez y assister, c'est juste là…

— Vous pouvez vous asseoir sur les balles de foin, ajoute Sophie alors que ma mère arrive avec la journaliste.

Plusieurs familles sont déjà installées devant nos affiches posées sur un chevalet. Doc'Mac lance la présentation :

— Mesdames et messieurs… les enfants… bienvenue à tous ! Bienvenue aux amis des animaux ! Je voudrais d'abord vous présenter deux des petits vétérinaires qui travaillent bénévolement dans ma clinique : Isabelle et Sophie ! Elles ont des informations très importantes à vous délivrer !

— Regarde cette fille…, dit un enfant à son voisin au premier rang. J'te dis que c'est un pirate !

Encore un qui ne s'attendait pas à voir Edgar Poe sur mon épaule.

Je jette un coup d'œil à Sophie, elle a l'air impressionnée. Vite, je lui chuchote :

— Ne t'inquiète pas. S'ils sont là, c'est que ça les intéresse !

— Chaque printemps, on déplore l'abandon de petits animaux offerts pour les fêtes de Pâques, commence Sophie.

Je pose l'affiche qui correspond sur le chevalet. C'est Samuel qui l'a faite : un panier de Pâques vide avec un lapin qui bondit au loin.

— De plus en plus souvent, les parents achètent des poussins, des canetons et des lapins pour leurs enfants. Quand ils se rendent compte du travail qu'ils demandent, beaucoup les abandonnent ! Une semaine après Pâques, ils les déposent à la clinique vétérinaire, au refuge d'Ambler… ou, pire, ils les lâchent dans la nature !

Je change d'affiche pour montrer celle avec les chiffres. On peut lire que ces animaux survivront très peu de temps seuls dans la nature. Rapidement, ils mourront de faim, de soif ou seront écrasés par des voitures.

Le public n'en revient pas. Les deux directeurs de magasins froncent les sourcils.

C'est à mon tour de prendre la parole. Sophie se place devant le chevalet pour montrer mon affiche. Je fais le même exposé que devant les élèves de ma classe. J'insiste beaucoup sur cette nouvelle mode très cruelle des animaux teints.

Maintenant, il est temps d'accueillir les canetons !

David et Samuel les mènent jusqu'à nous. Ils ont beaucoup grandi et ressemblent aux canards adultes. À sept semaines, ils sont couverts de plumes comme l'avait annoncé le docteur Gabriel.

Sophie montre mes photos du premier jour où nous les avons recueillis, les spectateurs poussent des cris attendris.

— Trop mignons ! s'écrie le petit garçon qui m'a prise pour un pirate.

Je reprends mes explications :

— À l'état sauvage ou dans une ferme, c'est leur mère qui leur aurait appris tout ce qu'ils ont à savoir. Mais… les canetons vendus dans les magasins d'aliments ou de machines agricoles n'ont pas de mère pour les élever !

J'entends des soupirs dans le public. Les deux directeurs semblent embarrassés. Je ne veux pas m'acharner sur eux, mais je dois dire la vérité.

— Si un agriculteur achète ces canetons, il saura s'en occuper. Mais pas les gens qui les achètent sur un coup de tête pour leurs enfants ! Les canetons risquent de se noyer ! Les canards adultes ont une glande qui sécrète une huile qui rend leurs plumes imperméables. Pas les canetons ! Une fois dans l'eau, leur duvet devenu trop lourd les fera couler, s'ils n'ont pas leur mère pour les aider.

— Ça alors ! Je n'en savais rien, dit une femme devant moi. Qu'est-ce qu'on peut faire pour empêcher ça ?

— Sophie et moi avons effectué des recherches. Nous pensons avoir trouvé une solution. Beaucoup de magasins refusent de vendre ces animaux sauf si le client en achète au moins six. Ainsi, les agriculteurs et ceux qui veulent vraiment les élever peuvent toujours les acheter, mais ça décourage tous ceux qui veulent en offrir un seul à leurs enfants.

— Les animaux ne sont pas des jouets! insiste Sophie. Ce sont des êtres vivants!

Le public semble parfaitement d'accord avec nous. Je vois des hochements de tête et j'entends des bribes de conversations qui nous donnent raison. Les deux directeurs se parlent à voix basse. Est-ce qu'ils vont nous écouter, même si nous ne sommes que des enfants?

Chapitre 12

Il est temps de mettre les canetons à l'eau. La petite piscine pour enfants est prête. Tout le monde attend avec impatience l'événement. Pour ne pas le rater, Julie et Clara ont quitté leur stand. Zoé et les lycéens du club Nature aussi. Il y a au moins soixante personnes sur les ballots de foin et encore davantage derrière. Pourvu que tout se passe bien ! Mes parents nous ont expliqué dix fois comment nous y prendre. Ça devrait être très amusant.

Je jette un coup d'œil à Clément, qui lève le pouce pour m'encourager.

Je repère le caneton qui semble être le chef. C'est le plus petit, une femelle.

— Nous savons que c'est une femelle, dis-je en la montrant au public, parce que les mâles ne can-canent pas. Si vous écoutez attentivement, vous entendrez qu'ils semblent pleurnicher. Les mâles sont également les seuls à avoir une houppette de plumes à l'arrière de la queue…

Avec Sophie, nous avons empilé des pierres en escalier pour permettre aux canards d'atteindre la piscine. Au milieu, nous avons posé une pierre plate pour qu'ils puissent se reposer.

Toute la semaine, nous les avons entraînés dans un petit bac. Au début, ils avaient peur, mais, ensuite, ils se sont beaucoup amusés.

Pour qu'ils comprennent qu'ils peuvent monter barboter, Sophie les éclabousse et tapote l'eau du plat de la main. Aucune réaction des canards. Cela ne risque pas d'être un succès s'ils restent assis dans l'herbe !

Je donne une toute petite tape sur le derrière de la chef pour lui indiquer le chemin. Elle se lève, mais refuse d'avancer. J'insiste, elle fait trois minuscules pas. Mais il n'en faut pas plus pour que les autres la suivent ! Je me penche vers la piscine et agite l'eau. La femelle grimpe enfin sur la première pierre. Mais, soudain, elle fait demi-tour. Et les autres repartent avec elle.

— Qu'est-ce qu'on fait ? s'écrie Sophie.

— Pas le choix, dis-je. J'entre dans l'eau. Tant pis pour mon short, il faut que je l'attire. Si elle vient, ils arriveront tous.

J'enlève mes sandales, entre dans la piscine et me penche pour attraper la femelle avec délicatesse. Elle n'apprécie pas du tout et piaille de toutes ses forces. C'est là que les autres en profitent pour s'enfuir. Ils courent à toute vitesse autour de la piscine. Impossible de les attraper! Tout le monde éclate de rire. Sophie est rouge comme une tomate et je ne dois pas être beaucoup mieux. La leçon de natation en public, ce n'était peut-être pas une idée de génie…

Enfin, un des canards décide de se rapprocher de la chef qui cancane le plus fort qu'elle peut. Il se dandine jusqu'aux pierres, grimpe et saute dans l'eau! Le troisième s'approche, hésite un instant et plonge. Ouf! Je peux relâcher la femelle et la mettre à l'eau. Mais, aussitôt, elle saute hors de la piscine. Elle n'emprunte même pas l'escalier de pierres pour redescendre. Comme d'habitude, les deux autres la suivent. Je n'ai plus qu'à sortir. Immédiatement, les canetons commencent à lisser leurs plumes. C'est comme ça qu'ils étalent l'huile qui les rend imperméables. Le public s'est levé pour les regarder et il applaudit quand les canards repartent à la queue leu leu pour sauter dans la piscine et faire ce qu'ils font le mieux : barboter !

— Ces canards ont eu de la chance, dis-je. On les a trouvés à temps. On les a soignés et nourris. On les a empêchés d'aller à l'eau tant qu'ils n'en étaient pas capables en toute sécurité. C'est pour ça qu'ils ont survécu.

Le public applaudit encore. Les enfants près de la piscine iraient bien plonger avec les canetons. Heureusement leurs parents les surveillent.

— Nous vous remercions d'être venus aujourd'hui, dis-je encore. Faites un tour de nos stands. Et n'oubliez pas de goûter les délicieuses asperges grillées !

Il fallait bien que je le dise. Même si c'est une drôle d'idée. Zoé me tire la langue, mais elle me remercie aussi d'un clin d'œil.

— C'était génial, s'écrie Samuel en veillant à ne pas trop s'approcher des canards qui projettent de l'eau partout.

— Surtout quand vous les avez coursés autour de la piscine, rigole David. C'était le meilleur moment de la journée !

Sophie le pousse en riant et il fait semblant de ne pas pouvoir s'empêcher de tomber. Il se tortille par terre comme s'il souffrait beaucoup. Du pur David !

— Hé, David ? s'exclame Samuel. Tu leur as dit pour M. Zieman ?

— Pas encore, répond-il en se relevant. M. Zieman est un agriculteur. Il va prendre les canetons.

— Super, dit Sophie. Quand ?

— Demain.

Demain... Déjà demain ! C'est une bonne nouvelle, aucun doute, mais cela me rend triste. Comme d'habitude quand on remet en liberté n'importe quel animal sauvage.

Autour de nous, il n'y a presque plus personne. Des gens sont partis vers les stands. D'autres ont regagné le parking. Il reste Doc'Mac et le docteur Gabriel qui parlent avec les directeurs des magasins.

J'hésite à approcher, mais le docteur Gabriel me fait signe de venir.

Souriante, les mains sur les hanches, Doc'Mac explique aux deux directeurs que Sophie et moi avons beaucoup travaillé pour préparer cette journée portes ouvertes au centre de réhabilitation.

— Il n'y avait pas que nous, précise Sophie.

Elle a raison. Tous les petits vétérinaires ont travaillé très dur.

— Nous avons même reçu de l'aide des élèves du lycée, ajoute-t-elle.

Doc'Mac et moi échangeons un sourire.

— Voulez-vous expliquer aux enfants ce que vous avez décidé? demande le docteur Gabriel aux directeurs.

Les deux hommes se regardent et hochent la tête.

— Eh bien… nous allons suivre votre conseil, dit M. Morris. L'année prochaine, nous vendrons les poussins par six. De cette façon, nous serons certains qu'ils ne seront pas achetés pour être abandonnés aussitôt.

— Les enfants, vous nous avez appris beaucoup de choses! ajoute l'autre directeur. Et nous ne vendrons plus de lapins teints.

Il me dévisage.

— J'ai lu tous vos documents, jeune demoiselle! Vous m'avez ouvert les yeux.

David me regarde, mais je sais qu'il ne dira jamais rien sur ce que j'ai failli faire dans son magasin.

— Il faudrait recommencer cette journée de sensibilisation au printemps prochain, propose-t-il. Mais *avant* Pâques!

Tous les petits vétérinaires échangent un regard. On a frappé très fort aujourd'hui! On est sûrs que l'an prochain il y aura beaucoup moins d'abandons.

Très contents de nous, on salue les deux directeurs et on part tous aider dans les stands.

Certains visiteurs participent même au rangement en fin de journée. Clément, Samuel et David rentrent les tentes dans l'atelier de mon père. On empile toutes les balles de foin dans la grange.

Je dis au revoir à mes amis et, avec Clément, je mène les canards dans la grange pour leur dernière nuit au centre.

Tout le monde est parti. Je retrouve ma famille dans la cuisine. Dès que j'aurai mangé quelque chose, une douche et hop! au lit!

Il reste des gâteaux, des asperges grillées et tout un plateau de sandwichs à la tomate. Je m'assieds à table en face de Théo.

— Une journée complètement dingue, hein? dis-je en attrapant un sandwich.

Mon frère sourit et plante les dents dans une grosse part de gâteau.

Mes parents et Clément sont en train de regarder les photos que j'ai imprimées pour la journée portes ouvertes. Mes photos des renards, des premiers jours des canetons chez Doc'Mac, des petits vétérinaires…

Dans une autre pile, ils trouvent les photos des dinosaures de Théo.

— L'effet est incroyable, dit maman. On les croirait géants !

— Je les encadrerai cette semaine, dit mon père. Théo pourra les accrocher dans sa chambre.

Les yeux de Théo se mettent à briller et il s'agite encore plus sur sa chaise.

— Cesse de balancer tes jambes, lui demande maman. Tiens-toi bien !

Théo arrête, mais continue de sourire.

— Merci pour les photos, Isabelle ! s'écrie-t-il. On dirait des vrais dinosaures en vrai papier !

Mon père brandit une photo.

— Celle-là, c'est ma préférée, dit-il.

C'est la photo des renardeaux jouant dans l'herbe, éclairés par les rayons du soleil, que j'ai montrée au club Nature du lycée. J'ai l'impression que c'était il y a des mois !

— Elle est formidable ! continue mon père. Tu es devenue une excellente photographe, Isabelle.

— Merci, dis-je en rougissant. Je lis beaucoup de choses pour approfondir mes connaissances techniques.

— Et regardez celle-là ! s'exclame Clément.

On voit trois minuscules boules de duvet jaune vif.

— Les canetons ont tellement grandi, dis-je. On oublie qu'ils étaient si petits.

— Il n'y a pas qu'eux, ajoute ma mère en se levant.

Elle revient à table avec notre album photos à nous. Oh, non ! Ça peut rendre mes parents complètement gagas pendant des heures !

Elle nous montre tout de suite une photo de Clément bébé. Microscopique mais avec le même regard intense. Derrière lui, on voit qu'il y a beaucoup moins de meubles dans notre maison. Maman tourne les pages, Clément grandit et j'apparais soudain. J'étais super mignonne ! Les cheveux bruns et tout bouclés. Ma mère devait s'amuser à me coiffer. J'ai des rubans différents sur chaque photo.

— Là, c'est ton premier jour d'école, Isabelle ! dit mon père en pointant le doigt sur l'album.

Je ne me souviens pas de cette robe ni de ces chaussures bleues. Je me souviens seulement de mon sac Dora l'exploratrice ! La maternelle, la primaire, c'est assez flou. J'ai l'impression d'avoir toujours été au collège.

Maman tourne une page et on voit Théo bébé, dans sa chaise haute, devant une montagne de spaghettis. Il en a partout, même sur la tête.

— Et là, Théo aussi rentre à l'école, dit mon père.

C'était il y a quelques mois seulement. On s'en souvient tous. Lui non plus, je ne me rends pas vraiment compte à quel point il change vite. C'était un bébé et il peut déjà grimper aux arbres et faire des additions. Et même des dinosaures en origami.

Il grandit presque aussi vite qu'un caneton.

Pour la première fois depuis des semaines, j'ai envie de ralentir le temps.

Chapitre 13

Au début, Clément devait me conduire avec Sophie chez M. Zieman pour relâcher les canards. Mais quand Zoé a su qu'il nous emmenait, elle a tenu à venir elle aussi. Tant mieux ! Zoé apporte la bonne humeur partout où elle passe. Les autres petits vétérinaires ne peuvent pas quitter la clinique, il y a trop de travail. Alors, je prends mon appareil photo pour pouvoir leur montrer comment ça s'est passé.

Dès qu'on arrive à la ferme, M. Zieman nous indique l'étang. C'est au-delà d'un pré, juste avant un champ de seigle. Avec Sophie, on se relaie pour porter la caisse des canards pendant que mon frère et le fermier parlent d'agriculture bio et de techniques de culture sans engrais. Les canards remplissent toute la caisse ! Ce n'est pas que ce soit lourd, mais c'est difficile à tenir en équilibre parce qu'ils s'agitent beaucoup.

Zoé avance à petits pas et nous ralentit.

— Je croyais qu'il n'y avait rien dans ce champ, grogne-t-elle. En tout cas, c'est ce qu'a dit le fermier !

— Ben, il est vide, répond Sophie. Tu vois des moutons ou des vaches, toi ?

— C'est plein de crottes ! proteste Zoé.

Sophie lève les yeux au ciel.

— Fallait penser à mettre d'autres chaussures !

— Comment tu voulais que je sache qu'on traverserait un champ plein de bouses ?

C'est vrai que je suis plus à l'aise grâce à mes bottes.

— Tu croyais que l'étang serait entouré de moquette ? rigole Sophie.

— Je ne me suis pas posé la question. J'avais juste envie de passer un moment avec les canards… et avec Clément.

Sophie me regarde, amusée. Ça, on l'avait deviné.

Au bord de l'étang, on cherche un endroit pour nous asseoir. Il y a des roseaux et des herbes hautes, mais aussi une sorte de petite plage avec quelques pierres plates. De là, on a une vue dégagée sur l'étang et toute la campagne qui l'entoure.

L'étang est grand, c'est presque un lac. Entouré d'arbres et parsemé de nénuphars. J'ai posé la caisse et Sophie soulève le couvercle pour sortir les canards. Elle commence par libérer la petite chef puis pose les autres derrière elle. La femelle cancane très fort.

On rit en les regardant se dandiner jusqu'à la rive. Mais avant d'atteindre l'eau, la chef s'allonge et les autres l'imitent. Ils dégustent un peu d'herbe en jetant quelques coups d'œil à l'étang.

— Isabelle, tu crois qu'il faut qu'on les aide comme pour la piscine? demande Sophie.

— Non, je crois qu'il vaut mieux attendre.

Zoé a attrapé une grande tige, elle la coince entre ses pouces et envoie un bruyant coup de sifflet.

— Qui t'a appris ça? s'étonne Sophie.

— C'est fou ce que j'ai comme talents cachés, plaisante Zoé.

Et elle recommence à siffler. Puis elle essaie de nous apprendre. En vain. Ni Sophie ni moi n'arrivons à faire mieux qu'un affreux bruit mouillé.

— J'ai trouvé que les lycéens du club Nature étaient super! dit tout à coup Zoé. Ils ont adoré mon idée de servir des asperges grillées.

— Bien sûr… Évidemment…, rigole Sophie.

Je les regarde toutes les deux. C'est incroyable comme deux cousines peuvent être si différentes et s'entendre si bien.

Les canards sont près de l'eau maintenant. Ils restent au sec mais plongent leur bec. Mini-progrès.

Je me retourne vers Sophie et Zoé.

— Je suis vraiment désolée que vous ayez cru que je préférais les lycéens. Il n'y a pas de meilleures amies que vous, les filles ! Il n'y a pas de meilleurs amis que les petits vétérinaires !

— Ce n'est pas grave, répond Sophie. On te comprend maintenant. Hier, on a vu qu'ils pouvaient être formidables.

— Je suis impatiente d'être au lycée, mais avec vous !

— Pourtant tu sais être plus que patiente quand il s'agit de prendre des photos. Surtout des photos d'animaux sauvages, ajoute Sophie.

Elle a raison, mais je ne l'avais pas remarqué.

— Au basket, dit-elle, mon entraîneur nous apprend à bien connaître nos points forts. Il nous demande par exemple de faire les gestes où on est les meilleurs et il nous prend en photo. Ça donne confiance ! C'est un bon départ pour améliorer tout le reste. Et surtout, l'équipe constate les qualités de chacun et s'en sert !

— Qu'est-ce que cela a à voir avec moi, Sophie?
Zoé n'a pas l'air de comprendre non plus.

— Quand tu as une nouvelle idée, tu veux toujours tous nous entraîner avec toi, explique Sophie.
C'est ça, ton point fort!

— Oui, mais je veux toujours aller trop vite...

— C'est vrai et c'est là qu'on sert à quelque
chose. On te pose des questions, on t'oblige à
réfléchir encore. C'est bon pour toi, c'est bon pour
toute l'équipe!

— J'ai compris! s'écrie Zoé. Tout le monde
s'améliore grâce aux qualités des autres!

Waouh! On dirait que Sophie y a beaucoup
réfléchi.

Je tente une dernière fois de siffler avec un brin
d'herbe.

— De toute façon, on sera bientôt au lycée,
dis-je en m'essuyant la bouche. Les années du collège vont passer à toute vitesse.

— Sans même s'en rendre compte, on se retrouvera à l'université, ajoute Zoé. Dites... qu'est-ce
que vous pensez qu'on fera plus tard quand on sera
adultes?

Toutes les trois, on éclate de rire. C'est «la»
question bateau que nous posent toujours les
grandes personnes, surtout quand elles ne savent

pas quoi nous dire. Pourtant, aujourd'hui, au bord de l'étang, ça ne semble pas si stupide.

— Moi, je serai vétérinaire comme Grand-mère, répond Sophie. Et je travaillerai avec elle. Mais ce sont des études hyper difficiles.

— Tu y arriveras ! dis-je. Tu es capable de travailler comme une folle quand tu veux quelque chose. Et toi, Zoé ?

— J'hésite, répond-elle en prenant la pose. Créatrice de mode... ou actrice comme ma mère.

— Je croyais que tu voulais être chef ?

— Non ! Je préfère styliste ou actrice. Mais dans mes interviews à la télé, je parlerai de mes talents de cuisinière ! Je ferai un livre, j'ai déjà le titre : «Les meilleures recettes de Zoé» !

Elle semble n'avoir aucun doute. J'aimerais être comme elle.

— Et toi, Isabelle ?

— Je ne sais pas encore... Travailler au centre avec mes parents ? Devenir prof de biologie ? Je n'arrive pas à me décider.

Sophie et Zoé ont l'air très étonnées.

— Tout le monde est persuadé que tu deviendras photographe ! s'écrie Sophie.

— Oui, renchérit Zoé. Et même une célèbre photographe animalière !

Je n'en reviens pas. Tout le monde en est persuadé et moi... je n'y ai jamais pensé!

— Vous croyez que c'est un métier dont on peut vivre?

Sophie hausse les épaules.

— Pourquoi pas? Il faut vérifier. Demande à Google!

— Je le ferai! Vous savez que les recherches sur Internet, c'est un autre de mes points forts!

On rit à nouveau et on regarde l'étang. Les canards sont à l'eau! On vient de rater leur premier plongeon. Mais est-ce que ce n'est pas dans le cours des choses? Souvent, on ne se rend pas compte qu'on franchit une nouvelle étape. C'est beaucoup plus tard, en regardant derrière soi, qu'on le comprend.

Les trois canards barbotent près de nous, puis, d'un air décidé, filent vers l'autre rive.

Ouvrage composé par
PCA - 44400 REZÉ

Cet ouvrage a été imprimé
en Espagne par

Industria Grafica Cayfosa
(Impresia Iberica)

Dépôt légal : août 2014
Suite du premier tirage: septembre 2016

Pocket Jeunesse, une marque d'Univers Poche,
est un éditeur qui s'engage pour
la préservation de son environnement
et qui utilise du papier fabriqué à partir
de bois provenant de forêts gérées
de manière responsable.

www.pocketjeunesse.fr

12, avenue d'Italie - 75627 PARIS Cedex 13